劬劳功烈，

然而人诗意地栖居在大地。

——荷尔德林

不老诗心

人生审美境界的诗想

徐维 著

BULAO SHIXIN

心驰神往于中西文化绵延千年的诗境，反观当代人的真实生活境遇，

席勒所推崇的“完整的人”，正纷纷“异化”成碎片，

我们共同守望的灵魂家园，又该如何寻觅呢？

南方日报出版社
NANFANG DAILY PRESS
·广州·

图书在版编目（CIP）数据

不老诗心：人生审美境界的诗想 / 徐维著. — 广州：南方日报出版社，2016.11
ISBN 978-7-5491-1486-3

Ⅰ. ①不… Ⅱ. ①徐… Ⅲ. ①随笔－作品集－中国－当代 Ⅳ. ①I267.1

中国版本图书馆 CIP 数据核字（2016）第 268573 号

出 版 人：周洪威
责任编辑：阮清钰
责任技编：王　兰
责任校对：王　燕
装帧设计：大和上

不 老 诗 心——人生审美境界的诗想　　/BULAO SHIXIN/

作　　者：徐　维
出版发行：南方日报出版社
地　　址：广州市广州大道中 289 号
经　　销：全国新华书店
印　　刷：广州穗旺印刷有限公司
开　　本：787mm × 1092mm　1/32
印　　张：6.875
字　　数：135 千字
版　　次：2016 年 11 月第 1 版
印　　次：2016 年 11 月第 1 次印刷
定　　价：55.00 元

投稿热线：（020）87373998-8503　读者热线：（020）87373998-8502
网址：http://www.nanfangdaily.com.cn/press　http://www.southcn.com/ebook

序

聂雄前

徐维先生与我素昧平生。当朋友老马在电话里将我俩撮合到一起时，我心里不免直犯嘀咕。老马是我多年极信任的兄弟，在电话里或许听出了我的犹疑，就讲杨福音、肖建国等也是徐维经常往来的师友。于是，我就放下心来，当即就把微信号发了过去。在国庆假期前两天的那个深夜，我的手机嘀嗒嘀嗒地传来微信接收的信号，开着车往家赶的我，摁一下是徐维的文章，再摁一下还是。不敢再摁了，但嘀嗒声竟温暖地伴了我一路。

国庆假期7天，一天也不得清闲，但徐维的书稿还是断断续续读完了。断断续续地读一本书，在许多时候都是贬义，但对徐维的这部书稿而言却不是。《不老诗心》是由一篇篇文化随笔连缀而成，尽管其整体不离"不老诗心"这一主题，但徐维之意不在专论而在散记，不在解惑而在浸淫，不在传播高深的知识而在普及审美的常识。因此，读一篇停一停再读一篇，与读一篇想一想再读一遍，成了我的阅读方式。而正是这种断断续续的阅读状态，对应着徐维大著的散点透视的结构方法，让我体会到这部书的美好。

同为20世纪60年代生人，我和徐维有大体相同的阅读经历。我7年的大学生活有幸跟随姜书阁、萧艾、羊春秋等名师研究中国古典文学，也有幸亲聆伟大的诗人彭燕郊教授讲述从波德莱尔开始的现代的现实主义诗歌（总题为《再会吧，浪漫主义》），至今还在订阅《诗刊》杂志。波德莱尔在1963年发表的《现代生活的画家》中强调，所谓现代性就是“从流行的东西中提取出它可能包含着在历史中富有诗意的东西，从过渡中抽出永恒”。而彭燕郊老师在给我们授课时，更直接从波德莱尔的思想体系中抽出两个内核——痛苦的思考和厚重的历史责任感，作为现代的现实主义诗歌的评判标准。徐维以“此身饮罢无归处，独立苍茫自咏诗”的姿态，从自己真实深刻的阅读史中拣拾出一个个诗人一篇篇诗歌，这些诗人的人生曾给他深刻的启迪，这些诗篇曾给他人生以真实的滋润。我可以肯定地说，徐维从古到今的寻找、由东而西的探求，真正触摸到了好诗真诗的正脉：从古老的《诗经》开始，尽管温柔敦厚，但哀伤有之怨怒有之，忧患意识成为中国文化的底色；到屈原“我爱君王，但君王不爱我”而走上“吾从彭咸之所居”的道路；到陶渊明受不了为五斗米折腰而“归田园居”；到苏东坡“回首向来萧瑟处，归去，也无风雨也无晴”……“士不遇”的主题延续数千年。正如鲁迅先生所言：“于狂人，于天上看见深渊，于一切眼中看见无所有，于无希望处得救”，徐维的写作指向不在展现忧患和痛苦，而在这些痛苦地思考的诗人身上，在这些浸透着沉重的历史责任感的诗句中，寻找如何在薄情的

世界里深情地活着的理由和途径。这是一种大悲悯心!

在徐维看来，世界薄情的根源在于权力和金钱对绝大多数人的稀缺，而土地、稼禾、月亮、虫鸟……是世界上举目所见伸手可触的东西，也是人类根性的本源的东西。用内在的心灵超越外在的现实，用贞定的自然超越喧嚣的社会，用绝对圆满的静超越相对功利的动，体现在居碍反通归去来兮的陶渊明身上，体现在行到水穷处坐看云起时的王维身上，体现在一蓑烟雨任平生的苏东坡身上，就构筑起了徐维的“不老诗心”。而我的兄弟韩东的诗《温柔的部分》，是徐维看重的，也是我深爱的；对乡村、阵风、庄稼和寂寞、习惯、悲哀所组织的“温柔的部分”，是古典痛苦的解药，也是疗救现代失意的秘方。人类喜怒哀乐的情感亘古未变，而人类中能够诗意地深情地活着的人，都有“温柔的部分”。

我们生活在一个大时代，敲响这大时代的大门并叫醒沉睡的国民的精英人群中，一定有鲁迅先生短小精悍的身影。我惊喜地发现，徐维与鲁迅先生共同拥有弃医从文的经历。我知道，“荷戟独徘徊”的鲁迅是痛苦的，也是愤怒的，但故乡和闰土带来的儿时记忆给了他心底充盈的深情，给了他温柔的部分支撑其“不老诗心”。而与我素昧平生的徐维，当着央行系统的高管，在拥有丰富阅历的背景下勤力读书，精心写作，躬身践行，我敢说，他的热爱是真热爱，他的悲悯是大悲悯，他度己的知识一定能度人，他自性至真至善的选择也能成为我们共性的审美选择!

我想起鲁迅、蔡元培、李叔同、丰子恺，这些在进入大时代的门槛上就开始力倡人生的审美化教育的先哲，心里充满悲伤和怀念。而现在，我知道，以正心走在正途的徐维，正成为审美化的人生的招魂人。真正是悲欣交集，魂兮归来!

是为序!

（作者系海天出版社社长）

前言

中国是诗的国度。唐诗宋词乃古代文学最迷人的“文化名片”，儒家的诗教是科举制度选拔人才的重要考核内容，诗的境界也是我国古典艺术最高的审美标准：我们赞扬一幅国画是“美丽如诗”；欣赏丝竹管乐的动人旋律，是有诗般的节奏；赏鉴园林艺术的布局是宛如诗境……这都是诗化审美观念的体现。

诗，在西方文化中，也占有十分重要的地位。古希腊哲学家亚里士多德的《诗论》至今仍是难以逾越的经典；到了近代，德国诗人荷尔德林的名句——“劬劳功烈，然而人诗意地栖居在大地”，更是广为传颂；现代西方人的审美聚焦，开始从传统的文学艺术转向更为广阔的生活美学，但日常生活的审美，标准依旧是两个字：诗化。

心驰神往于那中西文化绵延千年的诗境，再反观当代人的真实生活境遇，你一定会感到，文明社会的体制束缚和概念化认知框架，正不断遮蔽我们的本心，弱化我们向外探寻诗美、感受诗情的能力。工具理性的强势扩张下，人与自然、存在与时间、主观与客观、科学与美学正陷入普遍性的分裂，那为席勒所推崇的“完整的人”，正纷纷“异化”成碎片，再也无法拼贴起和谐、圆融、自由的灵魂了。正如马克思所揭示的那样，人类精神文明与物质文明的发展步伐并不完全一致，现代物质文明的“进化”史，何尝不是一部诗性智慧逐步丧失、丰富心灵不断萎缩、朴素诗情和自然诗意被渐渐阻塞的“失乐园”史呢？而当无数个体的“你”，被高速旋转的社会机器所绑架，甚至连片刻的读书之乐和精神欢愉都无法尽享，我们共同守望的灵魂家园，又该如何寻觅呢？

本书写作的根本目的，就在于和你，和众多为苦闷、焦虑情绪所困扰的现代读者们一起，在大的文化视野下，开辟出一条通往精神家园的诗意澄明之径。而要达到这样的诗性审美境界，就离不开对中西文化诗性智慧的重新发现和思考。

从诗骚的风雅到陶渊明、苏东坡等历代诗人的浅吟低唱，从古希腊艺术的黄金时代到叶芝、艾略特等现代大师群星闪耀的诗国天空，从中国诗歌源远流长的抒情传统到戴望舒、卞之琳等新诗人对古典传统的现代“改造”，再到当代诗歌沉浮跌宕的命运……本书勾勒的是中外诗史的剪影。这里所说的诗，是广义的，不仅包含了诗歌和达到诗化审美境界的其他门类艺术作品，也有对于当下流行文化诗性匮乏的批判性质疑，更指向了人生审美境界的诗意沉思。

这一诗性境界的探索，注定是愉悦而艰难的。正如徐迟先生在中文版《瓦尔登湖》序言中所提醒的那样：“如果你还没有让你的心静下来，请不要打开它。”——但只要你愿意，愿意在结束一天枯燥乏味的工作后，点亮一盏柔和的灯，安静地捧读起这本小书，那么，你梦寐以求的“诗意”已经临近，“它正前来将你迎候”……

目录

第一章 古典诗心

《日子》 徐维

礼乐之诗

子路、曾皙、冉有、公西华侍坐。子曰："以吾一日长乎尔，毋吾以也。居则曰：'不吾知也！'如或知尔，则何以哉？"

子路率尔而对曰："千乘之国，摄乎大国之间，加之以师旅，因之以饥馑；由也为之，比及三年，可使有勇，且知方也。"

夫子哂之。

"求，尔何如？"

对曰："方六七十，如五六十，求也为之，比及三年，可使足民。如其礼乐，以俟君子。"

"赤，尔何如？"

对曰："非曰能之，愿学焉。宗庙之事，如会同，端章甫，愿为小相焉。"

"点，尔何如？"

鼓瑟希，铿尔，舍瑟而作，对曰："异乎三子者之撰。"

子曰："何伤乎？亦各言其志也。"

曰："莫春者，春服既成，冠者五六人，童子六七人，浴乎沂，风乎舞雩，咏而归。"

夫子喟然叹曰："吾与点也。"

三子者出，曾皙后。曾皙曰："夫三子者之言何如？"

子曰："亦各言其志也已矣！"

曰："夫子何哂由也？"

曰："为国以礼，其言不让，是故哂之。唯求则非邦也与？安见方六七十如五六十而非邦也者？唯赤则非邦也与？宗庙会同，非诸侯而何？赤也为之小，孰能为之大？"

——《论语·先进》

山东曲阜城南，古老的沂水在阳光下缓缓流淌，河畔矗立着一座高大的土台——舞雩台。此地本是周代鲁国祭天之处，后来的改名则和《论语·先进》中的一个故事有关。

两千多年前的一天，孔子和他的弟子坐而言志，无论是子路、冉有治国理政的志向，还是公西华"愿学宗庙之事"，做一名小司仪的谦逊之词，都没能获得孔夫子的"点赞"。他的目光，转向了一旁正在弹瑟的曾皙。瑟声铿然而止，曾皙缓缓起身，回答道："莫春者，春服既成，冠者五六人，童子六七人，浴乎沂，风乎舞雩，咏而归。"孔子听完，喟然长叹："吾与点也。"

在一般人的印象中，以孔门仁学为代表的儒家哲学，总是动辄家国天下的说教，一副严肃有余而活泼不足的样子。曾皙的回答，特别是孔子的“点赞”，则为我们理解儒家诗学提供了另一条可能的路径。

遥想一下吧，那是暮春时节的黄昏，空气中还散发着鲜花的芬芳。穿上新制的春衣，踏着松软的春泥，刚刚加冠成人的青年和一群少年一起，在沂水里洗澡，温暖的春风吹过古老的舞雩台，也轻抚过他们年轻的面庞。夕阳西下，在春天的薄暮里归来，留下一路动人的歌吟……曾皙的描述，确乎是一首美妙醇厚的诗了，更何况，还有孔夫子发自内心的认同——不是宏大的政治抱负，也不是严谨守正的礼制秩序，而是那样一个轻松、闲适、自由、和谐的黄昏，是人的诗意化的生存，构成了儒家哲学理想的人生审美境界。

从《论语》和其他先秦典籍的记载来看，孔子似乎自觉秉承了上古以来中国文化中的“礼乐”传统。礼是秩序、规制，强调社会对人行为、动作、言语、仪容的规范，礼文化的代表是周文化；乐是情绪、情感的宣泄与抒发，是个体的哀伤、咏叹与吟唱，带有一种浪漫主义的充沛想象和原始神秘色彩，它最初形成于比周文化更加古老的殷商文化。正如学者所指出的那样，这两种文化，一种是几何学的，是没有规矩不成方圆；一种则是色彩学的，恰似一片鲜艳夺目、青黄杂糅的大橘林。过去，我们一直把孔子及儒家视为周代礼乐文化的守护者，“五四”时期，甚至有偏激者直接把儒家学说等同于封建礼教，“文革”期间既批“林”又批“孔”，却忽略了“乐”文化特别是殷人浪漫的诗性思维对孔门仁学的影响。其实，“周因于殷礼”，周代政治、经济、文化制度本就建立于殷商的基础之上，而孔子的先祖乃是宋国贵族，是根正苗红的殷王室后裔，孔子的思想里焉能没有殷商文化的余韵（基因）？在孔子所认同、曾皙所描绘的“风乎舞雩，咏而归”的理想图景里，就包孕着丰富的、源于殷商文化的诗性因子。这种图景与柏拉图的“理想国”、陶渊明的“桃花源”、马克思的“共产主义生活方式”不是异曲同工吗？近年还有学者研究印第安人即“殷地”安人也，由此推断美国人的祖先还是中国人呢！（当然缺少实证，纯属调侃）但是，东西方文明乃神交，中西方文明有不同的起源和特点是肯定和客观的。源远流长的中华文明令人自豪，可悲的是有人把自豪当骄傲，自我封闭了几百年！

在甲骨文中，“舞”的初字是“巫”，“舞”与“巫”同字，为原始歌舞蒙上了一层神秘、浪漫的色彩。先民“击石拊石，百兽率舞”，而殷商时期所谓的“巫风”，正是在宫中经常地舞蹈，在室内饮酒酣唱。（《尚书·伊训》：“敢有恒舞于宫，酣歌于室，时谓‘巫风’。”）在远古图腾和如痴如醉的原始歌舞中，先民们跨越了现实世界与另一个世界的鸿沟，走向了巫、情感与心灵的世界。那些热烈激动的旋律，那些自由摇摆的美丽肢体，不正是最早的诗，最初的艺术吗？

按照《周礼·司巫》的记载，若国大旱，则师巫而舞雩。舞雩，就是古人求云雨时的舞蹈。曾皙选择了舞雩台这样一个带有浓郁舞乐诗情的浪漫怀旧之地，作为惬意吹风的地方，孔子更表现出强烈的神往，这不正“泄露”了儒家文化诗情浓郁的精神底色吗？“远古图腾歌舞作为巫术礼仪，是有观念内容和情节意义的，而这情节意义就是戏剧和文学的先驱。古代所以把礼乐并举，而且把他们直接和政治兴衰联结起来。到后世，两者才逐渐分化，前者成为礼——政刑典章，后者便是乐——文学艺术。”（李泽厚《美的历程》）

与后世某些儒家单纯强调道德伦理不同，孔子从未排斥过诗意审美的感性自由。同样在《论语》里，他认为，完满、健全的人格，必须“志于道，据于德，依于仁，游于艺”，又说，“兴于诗，立于礼，成于乐”。这里所说的“艺”，虽不完全等同于我们今天所说的“艺术”，但已包含了各门类艺术在内，强调的是通过技艺的熟练掌握，获取悠游愉悦的自由；而臻于人格教育最高境界的“乐”，正是孔子曾为之“三月不知肉味”的美妙旋律。至于“仁者乐山，智者乐水”的表述，在开启了中国山水文化帷幕的同时，何尝没有对自然之美的关照，没有从容悠哉的休闲审美意趣？以现代人的眼光重新解读《论语》，我们发现，孔子无疑是个懂艺术，能欣赏美、能发现美，具有很高审美情趣的人，这也是本节开头，孔子与弟子言志，唯独对曾皙的诗意描述格外推崇的原因。

不过，到了孔子与曾皙的时代，殷商舞乐中某些狂野、放荡的自然主义气息，已渐渐被典雅的周礼所涤荡。儒家之诗，也毕竟不同于道家哲学“无物而待”的绝对逍遥，更不同于西方艺术中迷乱、狂醉甚至非理性的“酒神文化”。孔子倾心暮春歌咏，同时也不忘给这幅图景打上春服、加冠这些端庄雅致的礼制遗迹。这就是儒家诗学的和谐智慧了，一方面高度肯定人的审美情感的自由，另一方面，这种自由及其审美表现形式，又不宜过于夸张和浓烈，而是恰到好处地与社会文化秩序融合在一起。所谓“乐从和”，所谓“诗言志”，讲的就是这个道理。如果说，“礼”以外在的道德强制性，规范约束人的行为，那么，在儒家这里，“乐”与“诗”则通过艺术的审美陶冶性情，塑造情感，实现了人性与人格的内在和谐，而心灵的和谐，不也是诗的最高精神归宿和价值指向吗？

著名哲学家冯友兰曾经说：“儒家所宣传的丧礼祭礼，是诗与艺术，而非宗教。”当和煦的春风吹过古老的舞雩台，在诗性目光的逡巡中，我们开始即将新一轮“美的历程”了：那浑朴古拙的周代鼎彝，那理性的先秦精神，那温润和美的汉代玉器，那楚汉浪漫和魏晋风度，还有晋人的书法，宋人的山水意境和瓷……这些洋溢着高贵单纯和典雅之美的中华器物与艺术，共同组成了儒家礼乐之诗的丰富文化谱系，持久而深刻地影响着我们的心灵，并赋予我们和谐、诗意的审美智慧。

南山的发现

结庐在人境，而无车马喧。
问君何能尔？心远地自偏。
采菊东篱下，悠然见南山。
山气日夕佳，飞鸟相与还。
此中有真意，欲辨已忘言。

——〔东晋〕陶渊明《饮酒二十首·之五》

公元403年（东晋元兴二年），三十九岁的陶渊明“不为五斗米折腰”而辞官在家。时值秋冬，正逢农闲，借着“偶饮名酒”的醉兴，他一气呵成，连作《饮酒》组诗二十首。这二十首诗，或感慨寒暑代谢，人世衰荣；或直叹百年以来，道丧其真；或追慕秋菊佳色、青松高节，啸傲东轩……如珠玉般闪耀在魏晋文艺的天空，谱写了那个时代文人群体苦闷象征的心灵史。

中国魏晋南北朝时期，是政治解体、道德沦丧、人心苦痛的悲剧时代，从“八王之乱”到“五胡乱华”，再到南北朝分裂，从司马氏篡魏，到桓氏叛乱，再到刘宋替晋……天地玄黄之际，以嵇康（“竹林七贤”的精神领袖，一曲《广陵散》名扬天下）被杀为标志，作为社会中坚力量的文人士族，也难以逃脱遭受残酷清洗的命运。政治热情泯灭了，道德理想失落了，旧的礼教崩溃了，新的自由心灵秩序又该如何寻觅？阮籍恸哭、刘伶醉酒，还有那看似离经叛道的吃药“行散”，魏晋文人放荡不羁的背后，是太多难以言说的精神创伤。

现实世界既充满不可承受的生命之痛，那么，能帮助他们安顿灵魂的，就只有哲学和艺术了。这一时期的哲学，已具有明显的诗化倾向，老庄玄学、义理清谈，以明澈、简洁的逻辑形式，追求纯粹的思辨之美，同时还张扬着宝贵的生命意识和宇宙情怀；这一时期的文艺，更闪烁着诗性的光芒：那形神潇洒的晋人书法，那明丽秀雅的山水诗，还有一篇篇行云流水、风物绝佳的小品、游记，无不勃发着诗兴与生机，贯注着浓烈醇厚的诗情。以道家哲学为精神底色，晋人“向外发现了自然，向内发现自己的深情”（宗白华），陶渊明的《饮酒二十首·之五》正洋溢着这诗化哲学时代的审美意趣。

陶潜的这首诗，初读起来，并没有太多惊艳之处。秋菊、山野、暮色、归鸟……所入诗者，也无非是一些俯拾可见的寻常景物。但细品之下，你会发现，诗句虽平淡，诗味却很浓郁，客观景物的镜头组合背后，还流动着诗人情绪的变化、情感的起伏，哪怕在千载之后，你依然可以从这短短五十个字的汉字组合中，遥想诗人当年的精神风貌和潇洒形容。

苏东坡曾一语道破这种奇妙的阅读感受：“所贵乎枯淡者，谓其外枯而中膏，似淡而实美，渊明、子厚之流是也。”也就是说，景物的枯淡只是外在表现，而诗的内里，却是丰润的。丰润之实，竟能以枯淡平凡之景象写出，这就是陶渊明的高明之处了。

那么，撕开写景的表征之象，陶渊明“苦心经营”的丰润之实，究竟是什么呢?

“此中有真意，欲辨已忘言”，我们认为，一个“真”，道出了全诗的旨趣。

真意，也就是自然的意境（趣）。意即有味，境即有趣味的地方。在中国美学和诗学中，竭力标举“真”这一审美理想的，正是魏晋时期风靡一时的老庄哲学。据台湾学者王煜统计，《庄子》一书中，“真”字出现了六十五次，与“忘”“游”等一起，成为核心的语义概念。《庄子·渔父》就曾说：“真者，所以至天地，自然不可易也。故圣人法贵天真，不拘于俗。”道家哲学和中国诗学所说的“真”，不是指客观事物的真实，而是情感、心理和生命意义的真挚；不是逻辑意义上之确实真切，而是人与内在生命毫无隔膜的亲近，是自然与自由的统一，是本质上的“率性天真”和不为物役，更是诗性自由的内在显现。

可这一弥足珍贵的“真美”理想，却在政治倾轧、斗争频繁、“真风告逝，大伪斯兴”的动荡年代里，被许多人决绝地抛弃了。就在写作此诗的同一年，东晋权臣桓玄在平定孙恩叛乱后自称楚王、相国，而曾经怀抱报国志向，投身于桓玄帐下的陶渊明，早在一年前就因不堪忍受政坛虚假污浊之风，第三次选择了归居田园，执意于在明山秀水的休憩中，寻回那个迷失太久的真我。

也就是说，不是对自然美的发现，也不是对田园风光的浅唱歌吟，而是如何进入“真境”，追求“真美”，构成了这首诗最深层次的艺术结构。“结庐在人境，而无车马喧。问君何能尔？心远地自偏。”这是进入“真境”的前提，“车马”象征着俗世的喧嚣繁华，只有以本心“截断”车马喧嚣的诱惑，才能在充斥着现实功利的“人境”结庐安顿。“采菊东篱下，悠然见南山。山气日夕佳，飞鸟相与还。”景物的变迁，实则是对“真美”的发现和生命感觉的转换。“朝饮木兰之坠露兮，夕餐秋菊之落英”，从屈原诗歌开始，秋菊就被中国文人赋予了高洁品格的内涵，是“真美”的物化与象征。东坡一句“菊残犹有傲霜枝”，即赞菊花的品格亦喻自己的情操。清姚步瀛亦曾撰联“清似秋菊何妨瘦，廉如梅花不畏寒”，喻品格高尚，志洁行芳的人。诗人在“截断”车马的喧嚣之后，内心已经恢复到澄净宁澈的状态，若非如此，又何能以“悠然”之姿“发现”南山，并欣赏薄暮时分，飞鸟相还的美景呢？

“秋风吹飞藿，零落从此始”（阮籍《咏怀诗·其三》），在中国文学传统，特别是魏晋诗歌里，“鸟”与“飞藿”等意象一起，寄托了乱世文人感时伤怀、自况飘零的痛苦思绪。从《归去来兮辞》“鸟倦飞而知还”的“倦鸟”，到《归园田居》里那只怀恋旧林的“羁鸟”，再到《饮酒二十首·之四》“夜夜声转悲，厉响思清远”的“独飞之鸟”，“鸟”的痛苦、孤独与徘徊之影，何尝没有诗人心灵深处的痛切共鸣？如今，在“悠然可见”的南山之侧，在抵达生命“真境”的时刻，那只飘零了太久的鸟终于找到了自由的伙伴，一起飞还。终于可以告别车马喧嚣的官场了，也可以不再为人世的种种利益羁绊所累，心不为物役而方自显其本色，人必去大伪而后回归本真。这不正是八大山人说的“门前何必有车马，只求一个自在场头”吗？“此中有真意，欲辨已忘言。”“忘言”之说同样语出道家经典，《庄子·外物》：“筌者所以在鱼，得鱼而忘筌……言者所以在意，得意而忘言。”鱼捕到了，作为捕捉工具的“筌”自然可以不用，生命的真趣既已懂得，又何必用言语来诉说呢？

以“自然”之天真，冲破名教之罗网；借心灵之本真，寻觅生命中最初的精神底色。陶渊明偶然间的“悠然”一抬头，发现的，不仅是一座南山，更是一片与庙堂相对、怀抱自然，走向自由的精神存在家园，也为道家哲学的诗性智慧提供了完美的艺术诠释。一千六百多年之后，学者们关于《饮酒》组诗中“南山”具体位置的争论，仍在持续，但这个模糊的地理座标（或者，“南山”和“桃花源”一样，也仅仅是一种虚指、一种乌托邦式的浪漫想象？），却清晰地引领着无数读者，以真挚、自然的诗意，去抵御现实世界巨大机械的束缚。正如辛弃疾评价陶渊明时所说：“须信此翁未死，到如今凛然生气。”这不正是古典诗性智慧穿越时空的“普照”么？

汉魏六朝时期的政治动荡，却激发了文化精英的深邃思考和精致表达，造就了文化哲学上空前繁荣的盛况，著名诗人林庚甚至把其列入中国古典文学的“黄金时代”。在那古典文艺生气勃勃的岁月里，又出现了以道家诗化哲学为精神根基、以陶渊明诗歌为艺术典范的“天籁之音”。道家的“真美”理想，和儒家礼乐诗学、禅宗的妙悟诗思一起，构成中国古典文艺的三大诗性主潮，至今，仍在民族文化的血脉里澎湃作响……

瞬间与永恒

木末芙蓉花，山中发红萼。
涧户寂无人，纷纷开且落。
——〔唐〕王维《辛夷坞》

魏晋人物的风流已随历史的烟云俱散，佛教，特别是中国本土化的禅宗哲学的兴起，为臻于绚烂极致的唐宋文艺，又注入了一股强劲的活力。

一株芭蕉，如何能在大雪纷飞的极寒中不死？唐朝诗人、画家王维以一帧《雪中芭蕉图》，为中国画史留下了一桩悬案。如何破解这一有悖自然地理常识的艺术谜团？宋代诗僧惠洪在《冷斋夜话》中提醒我们，如此“妙观臆想”之作，应以“法眼”观之。

史书记载，王维“终日以禅诵为事”，其名维，字摩诘，就取自佛学经典《维摩诘经》。他一生创作了不少佛教题材的诗文，在《大唐大安国寺故大德净觉师碑铭》一文中，就曾写道："雪山童子，不顾芭蕉之身；云地比丘，欲成甘蔗之种。"在佛教文化中，佛入雪山修行，故以"雪山童子"寓意信徒求佛者的坚定意志，而"芭蕉"则常用来比喻人生的空虚。《涅槃经》里说："是身不坚，犹如芦苇、伊兰、水沫、芭蕉之树。"又云："生实则枯，一切众生身亦如是。"不顾脆弱虚空的"芭蕉之身"，而执着于"雪地成佛"的精神追求，王维的"雪中芭蕉"，宗教哲学的寓意已十分明显。

更重要的是，王维独特的艺术创作理念，闪烁着禅学的智慧机锋。禅宗公案中有一段著名的对话：（参考胡兰成《禅是一枝花》：临济佛法大意第101页）

> 问：如何是佛法大意？
>
> 答：春来早自青。（草木惟有靠机会，春天来了它就繁荣，秋天到了它就凋落。西方人的历史，也就像这样的靠机会。所以都只是一年生草。靠机会即机会是主人，人是宾。而抓住机会人是主，机会是宾。例如中国对日抗战，搦住他，使他不得脱身，就是拿，就是擒住。抗战本来是被动的，缠住他不放，却换来了主动，这里就有宾主互换。此乃中国禅机）

表面上看，这一问一答，与王维"雪中芭蕉"的景物组合一样，真是风马牛不相及，但这种语言的隔阂甚至悖拗却能给问者以"当头棒喝"的震惊，重新思考佛性的真谛——在禅宗哲学看来，佛性的呈现方式并没有那么高深奥妙，它就存在于一粥一饭的普通生活中，只要心中有佛性，便处处皆是流水落花的禅境，如同春来草青般自然。

欲问抽象本体，偏答之以具体的自然景色；于大雪纷飞中，仍有翠绿芭蕉的挺立。不遵循日常逻辑和思辨，甚至借语言和自然景物的冲突，给人以惊异的审美和哲思，撕开人为概念、逻辑演绎对心灵本性的束缚与桎梏，以个体感受直面不可言说甚至不可思议的禅境与写意画境，最终获得"顿悟"的灵光。以禅宗法眼观之，"雪中芭蕉"的画面组合也就和那些唐宋笔记中的"无厘头"公案一样，都是一种佛性的显现方式而已，并没有太多匪夷所思之处。

那么，进一步的追问则是，禅宗文化所竭力标举的顿悟，王维以"雪山童子"之意志苦苦追寻的佛性，究竟是什么呢？

苏东坡曾评价王维："味摩诘之诗，诗中有画；观摩诘之画，画中有诗。"作为唐开元、天宝年间"天下文宗""名高希代"的大诗人王维，其诗歌，特别是被王渔洋誉为"字字入禅"的辋川绝句组诗，为我们"妙悟"禅机，打开了一片诗意盎然的空间。

唐天宝初（公元747年），四十六岁的王维在陕西蓝田辋谷一带置别业，此后近十年间，一直到"安史之乱"爆发（公元755年），王维经常在办公之后回辋川小憩。这一时期，正值李林甫专权，唐帝国政治空前黑暗，王维身在庙堂，心念江湖，在别致的山野景色间，半官半隐，吟咏情性，写下了文学史上著名的《辋川集》。

王维笔下的辋川是空灵静谧的，"空山不见人，但闻鸟语响”（《鹿柴》），又流露出淡淡的孤独与寂寞，“独坐幽篁里，弹琴复长啸”（《竹里馆》）。但空灵不等同于虚空，寂寞更不意味着寂灭，相反，却传递着生命活泼的欢欣，“当轩对樽酒，四面芙蓉开”（《临湖亭》），“家住水东西，浣纱明月下”（《白石滩》）。

再来看这一首《辛夷坞》吧：那美丽的芙蓉花，它在寂静的山谷中生长。“山中发红萼”，一个动态的“发”字，一抹亮丽的花红，盎然的生机已经跃然纸上。然而花开纷纷，终且有落，正如人事的消长一样。如此普通的花事，如此平凡的芙蓉，却在一开一落间，突破了有限时间和空间的限制，指向了超越时空的永恒——在花开花落的瞬间，你是不是已经感受到了某种生命自在的庄严与静穆？在这里，一切都是动的，一切却又指向某种永恒的寂静。如果说动中之静，是王维借佛理禅宗之澄明，映照万象，始得宁静；那么，静中之动，就意味着，他已无限接近于禅宗义理的最高境界：从虚灵处参实在，于死寂处见生机，在静止的瞬间，抵达永恒的存在——在某一刹那，突然有一种超越了动与静、色与空、生之欢欣与死之寂灭的神秘感悟，这“万古长空，一朝风月”的华严境界，不正是禅宗哲学的精神底色吗？

更有意味的，这样一首画面感十足的精美小诗，看似纯粹是客观的景物描写，如入“无我”之境，但从诗中景物的空间关系来看，却始终存在着一个隐藏的“我”——“我”是以“俯览”的角度，观察山中芙蓉的，美学泰斗宗白华先生曾指出，是俯仰观照，而不是西洋美术中的透视聚焦，构成了中国诗歌独特的空间审美意识。古人说，赋家之心，苞括宇宙。诗人能以俯观静照之态，泯灭生死，超脱自然，“于空寂中见流行，于流行中见空寂”，这不是庄严澄澈的般若，又是什么呢？在富有禅宗智慧的诗性目光审视下，一朵小小的芙蓉花，又何尝不是一个圆满自在的丰盈世界呢？

我们还记得，在元气丰沛的盛唐时代，王维是以天才少年的诗性光芒闪亮登场的。十一岁登第，此后的仕途却一路坎坷，几番起落，生性敏感的他很早就学佛理禅，安顿身心，到栖居辋川时，已近知天命之年了。抖落一身的沧桑，冥思玄想，耳畔是一串起自岭南的南宗梵音， 雪中芭蕉，山中芙蓉……万象，皆笼罩于一片佛法的庄严与清凉了。以王维诗画为代表，禅宗所开启的“妙悟”法门，成为整个古典时期东方美学精神最鲜明的“心象”。“兰生幽谷中，倒影还自照。无人作妍媛，春风发微笑”，元人倪云林（元画坛四大家之一）笔下的兰，不正有山中芙蓉的影子吗？更何况，还有日本诗人松尾芭蕉的俳句《古池》里，那“直追王孟胜境”的诗性余音，袅袅不绝：

蛙跃古池内，静潴传清响……

人间清欢

细雨斜风作晓寒，淡烟疏柳媚晴滩。
入淮清洛渐漫漫。
雪沫乳花浮午盏，蓼茸蒿笋试春盘。
人间有味是清欢。
——〔北宋〕苏轼《浣溪沙》

“慢着火，少着水，火候足时他自美。每日起来打一碗，饱得自家君莫管。” 苏东坡写这首《食猪肉诗》的时候，还在黄州谪居。苦闷的岁月里，他无心发明的这款美食，竟成为后来名扬天下的“东坡肉”。而在浩瀚的诗国中，以食猪肉这样的庸常俗事入诗，并写得妙趣横生，苏轼，更堪称千古第一人。

翻检厚厚的《东坡全集》，这个北宋文人的一生，俯仰之间，都充满着浓郁的诗意。志得意满时，他高歌“我来钱塘拓湖绿，大堤士女争昌丰”，主持疏浚的西湖堤坝，宛如一条玉带镶嵌于浩渺的水际，成为著名“西湖十景”之一“苏堤春晓”的雏形；“乌台诗案”，一贬黄州，已是人生的低谷，他却悠游赤壁，食松江之鲈，饮船中美酒，在“山高月小，水落石出”的美景中，冥想着羽化登仙之境；写下《前赤壁赋》：“惟江上之清风，与山间之明月，耳得之而为声，目遇之而成色。取之无禁，用之不竭。是造物者之无尽藏也。”（即江山万物，本无常主，闲者才是主人。）再黜惠州、琼海，天涯海角之地，乃常人所难忍的绝境，他仍能潇洒形容，“也无风雨也无晴”。惠州的荔枝（日啖荔枝三百颗，不辞长作岭南人），海岛的急雨，甚至南中国的一枚槟榔，都在他笔下跃然成诗：“吸津得微甘，著齿随亦苦。面目太严冷，滋味绝媚妩。”（苏轼《食槟榔》）苏辙在《东坡先生墓志铭》里说，兄长谪居黄州，“后读释氏书，深悟实相”，可细览东坡遭贬黜时期的诗文，《定风波·莫听穿林打叶声》里风雨中“吟啸徐行”的自况，何尝没有像颜回那样安之若素的儒家情怀？而著名的《前赤壁赋》，理析万物变化及物我关系：“盖将自其变者而观之，则天地曾不能以一瞬；自其不变者而观之，则物与我皆无尽也，而又何羡乎？”这一番透彻的领悟，更是秉承了庄老遗韵：“自其异者视之，肝胆楚越也；自其同者视之，万物皆一也。”（《庄子·德充符》）别人问他惠州如何。很好呀！我本就是惠州人，进京赶考未中又回来了。真乃士大夫人格完满的光辉典范呵！

以儒学修身，以庄禅治心，与苏东坡丰富驳杂的精神底色相一致。自宋代开始，古典文化出现了三教合流、云蒸霞蔚的盛况，并孕育出充盈着天地境界之气象的哲学硕果——宋明理学。其中，宋儒如张载〔（1020—1077），又称横渠先生，北宋理学五子之一（周敦颐、邵雍、程颐、程颢、张载）“为天地立心，为生民立命，为往圣继绝学，为万世开太平”被冯友兰称为“横渠四句”，因其言简意宏，历代传颂不衰。〕等名家，试图弥合“天地之性”的理性精神与“气质之性”的感性自由，心与物齐，人与“天地参”，竭力标举一种“万物静观皆自得，四时佳兴与人同”的“天人合一”哲学。

在前述章节中，我们已经勾勒出了中国文化和古典诗学的“和合”轮廓。儒家的礼乐诗学，讲究人和，有一种秩序、人际的和谐完满之美；老庄哲学，则趋向于“天和”，所谓“与道冥同”“与物玄同”。而如今，理学家们则以儒学为主体，吸纳庄禅，提出了天、地、人同构的宏大哲学理想。在此时代精神的指引下，宋代文化，表现在普世情怀上，是张载的“民吾同胞，物吾与焉”；演绎为心物关系，便是范仲淹的“不以物喜，不以己悲”；升华、凝练为人生的智慧，则是苏轼的“一蓑烟雨任平生”；在艺术上的呈现呢，就是人生的艺术和日常生活的审美化了（艺术地生活，生活的艺术）。

于是，“自在轻花轻似梦，无边丝雨细如愁，宝帘闲挂小银钩”，不是雄浑峥嵘的盛唐边塞风光，而是细致缠绵的闺阁怨恨，无边闲愁，占据了宋词中的多数篇幅，婉约而风雅；不是魏晋的宗教壁画，更不是唐人的仕女图，而是范宽的雪中秦岭，董源的江南秋岚，是迢远青山之间隐约可见的江湖渔火、溪桥烟云，泼墨点散成了宋元山水的绝美意境，“本朝画山水之学，为古今第一”，这自豪的咏叹，何尝不是一个古典文艺最高峰即将到来时的庄严宣告？只有在这个时候，儒家道统里才有了“致广大”和“尽精微”的完美融合，即“致广大”是一种能力，“尽精微”也是一种能力。唐朝一直在“致广大”，可是到了宋朝它开始“尽精微”了。

也只有在这中国文艺的巅峰时代，才能涌现出像苏轼这样，在诗、词、书、画和文艺批评领域全面“开花”的古典文化集大成者吧。北宋元丰七年（1084年）十二月，四十七岁的苏轼终于结束了黄州漫长的贬谪生活，移汝州团练副使。途中写下的这首《浣溪沙·细雨斜风作小寒》，记录了一段惬意的郊游时光。“雪沫乳花浮午盏，蓼茸蒿笋试春盘”，午间在山野清茶野餐，那煎茶时上腾的白泡，如白色牛乳般轻圆浮动，弥漫着淡淡的香气。时近立春，古人有用蔬果装盘，馈送亲友的传统，谓之“春盘”。采几株蓼菜的嫩芽，再佐之以翠绿爽口的蒿笋片，古风盎然，唇齿留香，这不是人间一种清雅的乐趣吗？

苏轼的这首词，写于乍暖还寒时节，传递的，却是明亮温暖的心境，一份平淡自得的愉悦。告别黄芦苦竹之地，又将奔向新的生活，连午后茶香、春日试盘这样的寻常景象，也都是一首沉静隽永的抒情小诗了，而那些现实人生的沉重苦涩，也就逐渐消融于诗人从日常生活中捕捉、提炼的诗化细节了。

如此诗意审美的人生，这闪烁着诗性智慧的春天，我们仿佛久违，却又宛在眼前。那不正是《论语·先进》里，孔子问弟子之志时，曾点所描述的“风乎舞雩，咏而归”的明丽春日

吗？在宋儒对经典的重新诠释里，那一番春游的精致，处处彰显着“人欲尽出，天理流行”的美好气象，是“胸次悠然，直与天地万物，上下同流，各得其所之妙”（朱熹语）的心物俱畅、天人融合之境。许多年后，当“奉儒而出入庄禅”的苏轼，在斜风细雨的立春之前，啜饮清茶，惬意清欢时，他何尝不是在用潇洒的笔意，向那样一个华夏美学、诗学的最高审美理想致敬、回归呢？

《世说新语·言语》载，简文帝说：“会心之处不在远，觉花鸟虫鱼自来亲人。”

情本体的再发现

原来姹紫嫣红开遍，
似这般都付与断井颓垣。
良辰美景奈何天，
赏心乐事谁家院？
朝飞暮卷，云霞翠轩，
雨丝风片，烟波画船。
锦屏人忒看的这韶光贱！
是花都放了，那牡丹还早。
遍青山啼红了杜鹃，
那荼蘼外烟丝醉软，
那牡丹虽好，他春归怎占的先？

——〔明〕汤显祖《牡丹亭·惊梦》

一树，一人，一舞台。一绾水袖盈盈，轻颤如微风吹皱的涟漪，又袅袅恰似烟云初卷。伴随着S形优雅的舞步，一阵空灵的唱腔从混沌深处传来，“咿呀”之间，纯净得仿佛洗磨了人间烟火一般……王国维说：“凡一代有一代之文学。”继唐诗、宋词、元曲之后，古典文艺的浪漫洪流，急切地渴望着通过一种更为综合化的艺术形式，将绵延千年的抒情传统推上一个新的高峰。当精美丰赡的汉语文学，遇上极尽写意之能事的东方舞台，又加上北宋以来商品经济的繁荣和市民文艺的发酵，音、诗、舞的交响，最终风光旖旎。（秦牧《花市》：“人们怎能不热爱这个风光旖旎的南国花市，怎能不从这个盛大的花市享受着生活的温馨呢！”）起于江南——以昆曲为重要表演形式的明清传奇，成为古典时期东方美学最为瑰丽的艺术结晶。

与西方戏剧热衷于情境营造、在极端尖锐的外部戏剧冲突里展示人性张力相比，中国戏剧从一开始就打上了诗性文化的烙印：不是单一戏剧情节的发展，更不是客观的模仿与再现，而是“戏”与“曲”的水乳交融，是写意与抒情，成了舞台表现的理想境界。作为一剧之本的明清传奇，也几无一篇，不着情字，《牡丹亭》的作者汤显祖甚至发出了如此热烈而又激动人心的直白：“情不知所起，一往而深，生者可以死，死可以生。生而不可与死，死而不可复生者，皆非情之至也。”（即活着不愿为情而死，死而不能复生的，都不是感情的极点呵！这就是情的神奇、理的古怪也。）

这至真至情的美丽化身，便是杜丽娘了。没有任何的现实媒介，更不掺和一丝功利的因素，仅仅是梦中与美少年柳梦梅的邂逅，就足以激发起一股令人为之生，为之死，为此冲破一切世俗罗网的真挚情感力量。不必讳言的是，这情感，已包蕴着“欲”的成分——偶然间发现的美丽后花园，那一树树繁华的怒放，那一片片绮丽的流霞，唤起的，不仅是杜丽娘内心对美的渴望和对美之将逝的惋惜，也有少女健康、热烈、奔涌如滔滔春洪的自然情欲。

在中国文学、美学史上，情从来都是十分重要的精神母题。与晚明绮丽、华美的审美旨趣最为相近的晚唐，诗人的笔下，就摇曳生发着不少浪漫的情事。“沧海月明珠有泪，蓝田日暖玉生烟”，李商隐（813—858）们的情，细腻精致，却多了些缠绵悱恻的怅惘，少了点鲜艳奔放的生命原色。而《牡丹亭》里的情，则以生死梦回的大气磅礴，突破了闺妇、怨偶们的狭小视角，将情直接张扬、肯定为生命存在的精神支柱。此情，也就不仅是杜丽娘个人的情愫，更是唤起人们普遍心灵共鸣的本体之情，具有穿越时空的不朽力量。

与古典文艺的“多情”特质不同，中国文学对于欲，特别是生理欲望的书写，一直都是隐忍、节制，甚至晦涩不明的。直到汤显祖的时代，哲学思潮才开始暗流涌现，阳明心学逐步异化、蜕变为一股古典时期罕见的强调个性独立、追求感性愉悦的先锋思想。这一时期的文艺，特别是以“三言二拍”、李渔戏曲为代表的世俗文学，大胆直露地将笔触深入闺房床笫、巫山云雨，甚至出现了像《肉蒲团》这样自然主义气息极为浓郁的文字。但性欲并不等同于情欲，情欲也未必都可登文学之殿堂。《牡丹亭》里的欲，既保留了自然、健康的原始生命活力，同时，又予以优雅柔美的审美升华。以著名的《惊梦》一折为例，梦回莺转，人立小院，花开锦绣，烟丝醉软，春光荡漾……自然景物所焕发的勃勃生机，和这盎然生机里难以掩饰的淡淡哀愁，何尝不曾“泄露”了杜丽娘意乱情迷的心绪？更可以解读为少女自然欲望的投射乃至一种象征。健康的身体之欲，与勃发的自然原色相融合，又提炼、纯净为对春天和一切美好事物的热爱，比起《西厢记》里“滴露牡丹开”这样粗糙的性描写（当然，历史上，“愿普天下有情人都成眷属”这一美好的愿望，成为大部分文学作品的主题，《西厢记》便是描写这一主题的最成功的戏剧之一），而《牡丹亭》里的“欲”已剔除了色情、猥琐和轻佻的感官刺激意味，而达于隽永的审美诗境了。

有意思的是，在西方文艺传统里，正是对情感与想象的推崇，对身体欲望的热烈表达，开启了浪漫主义和现代主义文艺的先声。明清时期的中国，经济上是否真的已具备资本主义萌芽的特征，学术界还有不同的争论。但以《牡丹亭》为代表，这一时代的艺术，已孕育着新鲜精神因子，开辟出了新的艺术审美境界，确是不容抹杀的业绩了。贯穿于古典文艺始终的“情”这一核心审美质素，在挣脱苦闷桎梏、追求个性解放的时代思潮影响下，借杜丽娘和柳梦梅因梦结缘，以情逾越生死的传奇故事，获得了新的含义：无须依附于其他，情，本身就是美的，是青春的梦，是诗！

如果说，西方文艺，或多或少都有宗教哲学的理性沉思，那么，东方美学和艺术则更关注于人内心丰富细腻的情感世界，并努力将这些复杂幽微的情感抽丝剥茧、萃取出闪耀着诗性光芒的审美内核。以情感为核心，艺术家们或设色泼墨，蹑取光影之追；或锻炼文字，以成锦绣华章。景外显而生情，情具象则为景，得其环中，摄人心魄，最终创造出一个晶莹丰满、洋溢着情之欢欣和生命愉悦的艺术境界。

这，就是李泽厚所说的华夏美学的“情本体”（李先生曾引用荀子的话解释过“情本体”：“人无师法，则隆性矣；有师法，则隆积矣；而师法者，所得乎情，非所受乎性，不足以独立而治。”“隆性”就是放纵自然情欲，“隆积”就是以“礼”“法”统帅自然情欲），也是中国文艺绵延至今的抒情传统之流——仅以《牡丹亭》为例，从古典巨著《红楼梦》里的“黛玉葬花”，到现代作家白先勇的小说、当代艺术家杨凡的电影、赵耀民的话剧，甚至是90后漫画家夏达的手绘作品，直到这几年风靡舞台的青春版《牡丹亭》，“游园惊梦”的主题被反复歌吟，“情本体”的审美价值再次得到不同时代人们的普遍共鸣与确证……这难道不正是古典美学抒情传统的胜利吗？——写到这里，我们对于古典中国的审美之旅即将告一段落了，而那诗性的玫瑰，将在时间的长流中，绽放出更加夺目的光华！

第二章 黄金时代

天鹅之声
诗若琴弦
为诗一辩
人的觉醒
静穆的峰顶

《古风遗韵》　徐维

天鹅之声

如今也请你快来！从苦恼中
把我解救出来，做我的战友，
帮助我实现我惆怅的心中
怀抱着的心愿。

——〔古希腊〕萨福《致阿佛洛狄忒》

思夫君兮太息，极劳心兮忡忡。

——〔战国·楚〕屈原《九歌·云中君》

与中国文化的“巫史传统”不同，西方文化从鸿蒙伊始，就笼罩于一片神祇的光辉了。诸神“合唱”的《荷马史诗》，以希腊神庙、神像为代表的建筑雕刻艺术，还有以英雄神话为主要题材的悲剧艺术……无不洋溢着清明阳刚的壮美，充满着力的回旋。

《荷马史诗》之后，古希腊文学的表现内容，从诸神的宏大叙事，转移到了个体的吟唱。在一种名叫竖琴的乐器伴奏下，抒情诗开始取代英雄史诗，成为希腊半岛最流行的文艺咏叹调。而这抒情时代第一流的桂冠诗人，便是萨福了。

公元前6世纪的希腊，清新的海风里弥漫着令人迷醉的紫蔷薇气息。勒那波斯岛的贵族文艺女青年萨福集合了一批多才多艺的少女，如一群高贵的天鹅，在湖光潋滟间翩翩起舞，吟诗欢唱。珍藏于雅典国家博物馆的希腊红陶画，记录了希腊先民诗意生活的片段：萨福正在虔诚阅读芦纸上的诗文，身旁的两名少女，一人弹奏竖琴，一人手持花环，沉醉于一种庄严的欢欣——这庄严的光芒，自然还是来自神性的感召，这个神，正是爱神阿佛洛狄忒。

在希腊神话中，阿佛洛狄忒是锻冶工匠之神赫准斯托斯的妻子，爱与美的化身。混沌初开的大地，阿佛洛狄忒在璀璨的浪花中诞生，她的皮肤如白瓷般光洁，她的秀发如云朵般蓬松，她的丰润挺拔的胴体，沐浴于爱琴海的月色之下，红色的玫瑰花瓣散落在她身旁……以阿佛洛狄忒为素材的古希腊雕塑杰作《米洛斯的维纳斯》至今仍是法国卢浮宫的镇馆之宝（与《蒙娜丽莎的微笑》《胜利女神》并称为卢浮宫三大镇馆之宝），在西方，维纳斯，更几乎成了女神的代名词。而以炽热的笔触描写和礼赞爱情，呼唤爱神降临的萨福，是西方文学史上的女性第一人。这首《致阿佛洛狄忒》正是她写给爱神痛苦而高贵的情歌。

说它痛苦，是因为诗中的“我”，正陷于情感风暴的迷狂中“我狂乱的心到底要怎样？你要我说服谁？要我带你走进谁的心坎？萨福，谁辜负你？”没有托物言志，也无须再花鸟朦胧似的婉约浅唱，而是近乎火山喷发般的直抒胸臆，将浓缩的情感推向了高潮。“我求你，我的主啊，别用痛苦和烦恼，折磨我这颗心。”“你快来吧，仍像从前，从远处，一听到我恳求就耐心倾听。”……情感的灼烧，显然已经如岩浆喷薄般不可遏制，“我”只有一次又一次恳求爱神，希望得到意中人的垂青，但爱神呢，却还迟迟不肯降临。萨福敏锐洞察到的，其实是人类心灵世界的普遍痛苦：匮乏的爱，与绝望的等待。而假如没有刻骨铭心的经历，诗人又可以怎能写出如此震撼灵魂的诗句？

于是，萨福本人的情感史，便成为西方文学史上讨论不休的话题。有人说，她执恋于女性之美，也有人说她的全部诗歌，是围绕着一位叫法翁的美男子而展开，甚至她最后的投海而死，也是殉情的表现……可无论是哪一种说法，却都忽略了这样一个被文本掩盖的深层次问题：萨福的诗，缘于痛苦的情爱，却又超越了一般意义上的爱情，达到了一种更加高贵、单纯的爱：对美和一切诗性之物的强烈渴慕与发现。

流传至今的萨福诗作，几乎无一篇不充盈着自然之美的意象：她写爱人的美，是“紫罗兰和芬芳玫瑰的花瓣，你曾在你卷发上戴过许多”（《赠别》）；她写亲情的温柔，是苍茫的暮色中，晚星闪烁，“带回了绵羊，带回了山羊，带回了牧童到母亲身边”（《暮色》）；激情似火如她，也可以撇去一切情爱的痕迹，只陶醉于浅浅溪水边清新的田园美景——“胞风簌簌苹果枝头，绿叶片片微微颤抖”（《清流边》）；她写《夜》：月已没，七星已落，已是子夜时分，时光逝又逝，我仍孤枕。……

人们总说，在距今两千六百多年前的古希腊，萨福太过特立独行——哪怕是在标举为文明时代的今天，又有多少人能真正接受一个女诗人大胆直白地赞美同性的肉体之美？质疑者们所忽视的是，透过诗歌文本的意象，我们看到的，是一个女诗人以诗性的审美目光对世界的新鲜打量。萨福所书写和捍卫的，岂止是情爱，更是西方文化最初的诗性和审美理想，甚至她个人的际遇、独特的生活社交方式，也只是这艺术化人生的自然呈现而已。若不是感受到了这一健康、纯净、晶莹无邪的审美理想，一直主张驱逐诗人于“理想国”外的哲学家柏拉图，又怎会给一个偏狭的爱情诗人以如此崇高的评价：“人都说九个缪斯——请看第十位：勒那波斯岛的萨福。”（参考柏拉图《理想国》一书）

“你驾起金辇，由两只美丽天鹅牵引，迅奔黑色大地”，萨福笔下的爱神，从一出场，就是高贵雍容的形象。其实，从更广阔的文化视角来看，这位爱神阿佛洛狄忒，何尝不可置换为希腊神话中的文艺之神——缪斯？萨福的这首诗，难道不可以解读为女诗人借情爱篇章，象征对诗性审美理想苦苦探索的心路历程吗？从对心灵世界的表现来说，诗与爱情，殊途同归，都根植于对一种情感力量的迷狂，并在丰富的痛苦中渴求精神匮乏的完善。求爱，难道不正包含于我们对浪漫诗性的追慕中吗？

这样的解读，绝非标新立异的妄谈。已经有文学史家提醒我们，萨福的这首诗，与中国诗人屈原《九歌》里的《云中君》有太多惊人的暗合。从艺术构思上看，萨福是借“我”表达了对爱神的渴盼，屈原同样代入一个焦灼等待神之降临的抒情主人公，而这个云中君，这个“神”，按照著名楚辞研究专家姜亮夫先生的解读，正是中国文化中女性色彩浓郁的月神。若从文辞上对比，两首诗的契合之处就更多了：“龙驾兮虎服，聊翱翔兮周章。”这东方月神的华丽出场，几乎就是上文所引西方爱神降临场景的“汉化”表述。本节开篇索引，两首诗结尾的抒情，无论从语义还是情感的烈度来说，更堪是曲相近，意相合了。

最值得注意的，是《云中君》的开头：“浴兰汤兮沐芳，华采衣兮若英。”以兰、芷这样美丽的自然植物，衬托月神的高贵，这样的写法，在屈原诗歌中被频频运用，中国诗学甚至因此有了“香草美人之喻”（香草美人都是比喻自己）的说法。“制芰荷以为衣兮，集芙蓉以为裳”（《离骚》），屈原笔下采荷叶为衣，以莲花配饰的“我”，和萨福歌吟的“用百朵鲜花编成项链”的“你”，其审美形象和旨趣是多么的相似！和萨福类似，屈原这种女性化的自然审美和生活方式，在当时同样被视为另类，屈原有一首诗歌叫《涉江》，所用的比喻都是用来表明自己人格的高洁和志向的坚定。《涉江》的开头是这样说的：“我自幼就爱穿这种奇特的服装，如今人老了，但这种爱好一点也没减退。我佩戴的长长的宝剑在阳光的照耀下闪着五色的光芒。我戴的帽子高高地切入云端。”《涉江》后面更显出他的愤慨与对流俗的鄙视。他说：我不能改变我的崇高的志向而去随波逐流，尽管我知道，这样会让我一辈子愁苦直到生命的最后（即“吾不能变心而从俗兮，固将终身而穷苦”）。至今，有关屈子同性之恋的种种揣度，不仍充斥于我们的文学史吗？当然，随着文学研究的深入，越来越多的人认识到，剥开文本的表象，屈原的“香草美人”之恋，《离骚》里缠绵悱恻的“求女”，《九歌》里庄严肃穆的“盼神”，实际是其“美政”抱负和人生理想的一种艺术化表达。屈子投江，正发生于政治斗争失败后，高贵理想的破碎之际。而据著名翻译家水建馥先生考证，萨福也曾以贵族出身，参与反对僭主的政治斗争，并与屈原一样，有过长达十二年的被驱除出国的沉痛经历。萨福诗歌里那些纯洁少女和烂漫繁花的意象，以及她最后的投海自尽，是否有政治理想幻灭的寄寓，这尚待确凿的证据考证，但和屈原一样，是一种高洁人生理想和诗性审美情怀的投射，却是毋庸置疑的了。屈原是后世人格的典范，他在伦理的人生态度上可以成为中国人的精神楷模。

参照雅思贝尔斯的定义，萨福（约公元前630或者公元前612—约公元前592或公元前560年）和屈原（公元前340—公元前278年）所处的历史时期，都属于人类文明的“轴心时代”（公元前800—公元前200年）。在这后人无限景仰追慕的黄金岁月，东西方两位具有里程碑意义的大诗人，不约而同地以一种个人化的、女性审美气息浓郁的新鲜表达方式，将古典文艺推入了个人抒情的诗性时代：屈原是中国文学史上第一位独立创作的伟大诗人，开辟了《诗经》之外的另一文学传统；萨福则是首位登上西方文艺殿堂的女性诗人，是《荷马史诗》后，抒情诗文体的开拓者，甚至被誉为“西方文学之母”。正如中国文学持久回荡着屈子的行吟一样，西方文学也响亮着萨福天鹅般高贵的诗音。温克尔曼评价古希腊绘画和雕刻艺术有一种“高贵的单纯和静穆的伟大”，萨福的诗歌和其饱含的艺术情感，何尝不曾闪耀着高贵单纯的诗性审美光芒？

只是，区别于中国文化文、史、哲浑然交融的形态，到了萨福的时代，古希腊艺术终达到巅峰。高峰之后，艺术与诗，在希腊文化里的轴心地位，即将面对理性思辨的挑战——一个爱智慧的哲学时代，已经到来。

诗若琴弦

你来坐在这棵童童的松树下，
西风吹动那密叶会簌簌作响，
就在这潺潺的小溪旁，我的七弦琴
会催你合上眼皮，进入睡乡。

——古希腊　柏拉图《乡村音乐》

子曰：“《诗》三百，一言以蔽之，曰‘思无邪’。”

——《论语·为政》

《史记·孔子世家》里说：“古者《诗》三千余篇，及至孔子，去其重，取可施于礼义，上采契、后稷，中述殷周之盛，至幽厉之缺。”这段话的意思是说，古《诗》本有三千多首，孔子按照儒家的礼义标准进行了删减，这才有了流传至今的《诗经》三百零五首。孔夫子是不是裁汰诗歌的“剪刀手”，这至今仍是中华文化史上一桩有争议的悬案。而在西方，却有一位与孔子一样，享受崇高地位的大哲学家，毫不留情地给诗人下了“逐客令”——这个人就是柏拉图。

《理想国》卷十，柏拉图借苏格拉底之口列举诗人的罪状：“一个人不应该受名誉、金钱和地位的诱惑，乃至于受诗的诱惑，去忽视正义和其他德行。”他为纯洁的理想国“立法”，其中首要的一条就是：“除掉赞颂神的，和赞美好人的诗歌以外，不准一切诗歌闯入国境。”《理想国》浓缩了柏拉图思想的精华，是他精心构建的涵盖了政治、哲学、伦理、教育等诸多领域的“西方文化桃花源”。有意思的是，率先违背理想国诗歌禁令，打破乌托邦式纯洁想象的，不是别人，正是柏拉图自己。

本节所引的这首柏拉图诗歌，热情地邀约“你”来到乡间，在松树下、小溪旁，听“我”弹奏一曲七弦琴，在美妙的旋律里惬意入眠。没有对诸神的赞颂，更没有道德的说教，纯粹只是浓郁的田园抒情，这样的诗，难道不应该被“禁”吗？更何况，这首诗里竟然还出现了七弦琴的意象！在上一节里，我们已经介绍过，七弦琴是古希腊抒情诗的伴奏乐器，在希腊文化里，也是诗歌、诗人的器物象征。在《理想国》里，柏拉图处处流露出对诗人的轻蔑之意，他曾借苏格拉底之口，质问伊安：“你能判断马骑的好坏，是凭你的骑马的技艺，还是凭你的弹竖琴的技艺呢？”可一转眼，却又在自己的诗里撩拨起动人的琴弦了。

除了《乡村音乐》外，柏拉图还曾留下过一些充满暧昧气息的深情款款之语，比如这一首《星》："我的星你在望着群星，我愿意变作天空，好得千万只眼睛来望着你。"比对《理想国》里"老头儿"近乎执拗的坚持，读者也就难免会心一笑了："如果你让步，准许甜言蜜语的抒情诗或史诗进来，你的国家的皇帝就是快感和同感，而不是法律和古今公认的最好的道理。"他也曾说过："恋爱中的每一个人都是诗人。"

不得不承认，确实存在着两个柏拉图。作为哲学家的柏拉图，《对话录》是世间的无价之宝。他的著作精华是《理想国》，包括了形而上学、神学、伦理学、政治学、心理学和文艺理论；在他的著作里我们还可以找到洋溢着当代气息的许多问题——共产主义和社会主义，女权主义，节育和优生学，尼采的道德和贵族政治问题，卢梭的回归自然和自由论问题，弗洛伊德的精神分析也曾讨论，简直包罗万象。这真是一个慷慨好客的主人为尊贵的客人准备的一桌盛宴啊！美国的"孔夫子"爱默生评价说："柏拉图就是哲学，哲学就是柏拉图。"关于他和他著述的研究早已汗牛充栋，而作为诗人的柏拉图，他浪漫感伤的气质和炽热的诗情，却被不少人有意无意地忽略了。但可敬的是柏拉图向我们展示的是一种严谨的逻辑与太阳神附体后产生的盎然诗意和澎湃激情的珠联璧合。

一方面是不遗余力地攻击"诗人"，另一方面，却以隐秘的书写，继承着古希腊抒情文艺的余脉。柏拉图内心的矛盾，其实也是时代文化风气转变的一种表现。柏拉图所处的，是希腊文化从文艺顶峰转向哲学思辨的时代。公元前5世纪左右，希腊民主势力强劲抬头，并与贵族派展开了白热化的政治斗争。

在这场不同政见的博弈里，无论是新兴的自由派还是柏拉图所在的贵族派，都主张清算古老的政治文化遗产，在废墟之上，重新建立新的制度大厦，有人甚至以诡辩的方式瓦解久远的希腊神话，连神都是以自然需要而被假设的，缪斯的歌声，萨福们献给爱神的情诗难道不是一株株“精神毒草”吗？

“智慧创造者”“第一批哲人”，这些原属于古希腊诗人的桂冠被一一褫夺了，而注重思辨力量并借此游说政治对手的理性哲学，开始主导希腊人的精神世界。恩师苏格拉底之死，更是强烈刺激了柏拉图的心灵，他深刻意识到，这场斗争，骨子里还是政治斗争，《理想国》的恢宏构建，着眼点也正是出于政治哲学的考量。

从政治哲学出发，在文艺与现实的关系上，柏拉图提出了著名的“摹仿说”。以床为譬喻，他认为，世界上存在着三张“床”，一张是作为本体存在的“理式”的床，一张是木匠所制作的现实的床，另一张就是画家所描绘的作为艺术影像的床。统治理想国精神世界的，应该是象征理性的“理式”之床，艺术家们所绘制的床，只是对“理式”的床的二度摹仿，诗人只“制造出一些和真理相隔甚远的影像”，自然是应以无用之身而遭驱除的。

而着眼于捍卫政治统治的纯洁性，在文艺的功用方面，柏拉图认为，诗“培养发育人性低劣的部分，而摧残理性的成分”，而人性中最好的部分则“必须绝对服从理性的指导”，作为“恶之花”象征的诗和诗人，难道还不应该清除出理想国吗？

从单一的政治伦理出发（柏拉图的政治伦理有：一把强权胜过一口袋公理。一个人的真正美德是勇气和才智。因为人的贪婪和奢侈，人们不安于过简朴的生活：他们贪得无厌、野心勃勃、你争我夺、嫉贤妒能。他们对自己已有的东西很快厌烦，只要是别人有的东西他们都想据为己有。结果是一部分人侵占了另外一部分人的领土，群体之间为了土地的资源而展开了激烈的争夺，然后便诉诸战争），大肆渲染文艺腐化人心的作用，进而排斥和打压文艺的健康发展，这种政教式的文艺观，古今中外，并不鲜见。孔子删诗虽有争议，但他以“思无邪”三字抽象概括《诗》三百主旨，确是事实。其实，就算是经过“净化”提炼，《诗经》特别是《国风》里的一些吟咏原始情欲的诗篇，也未必完全符合儒家诗教的伦理标准，但“无邪之思”却成为后世一些解经者所不敢逾越的“红线”，政教式的文艺观已初见端倪。至于王逸对《楚辞》“灵修美人，以媲于君；宓妃佚女，以譬贤臣”的泛政治化解读，唐代三大诗人之一的白居易也曾主张“文章合为时而著，歌诗合而为事作”，以及我国新中国成立初期以“阶级斗争说”图解文学的种种尴尬，都是这政教式文艺观在不同时期的表现。柏拉图高喊着给诗人“下逐客令”，也只是将一些政客“不能公开的秘密”捅破了而已。

但“青山遮不住，毕竟东流去”，作为感性存在的人，内心诗情的涌动，对于美的渴盼与探求，不可能因为一纸来自理性王国的“逐客令”而完全泯灭。就算“立法者”柏拉图自己，不也仍经常按捺不住感性的冲动，而沉醉于诗的“甜言蜜语”里吗？政治理性不可能主导一切现实秩序，更无力将触角伸向人丰富、敏感的精神世界。诗与政治，文艺与现实的关系，也绝非仅仅是模仿绝对理式与真理那样简单——除了像镜子般映照现实，诗，似乎更应像是一盏明灯，烛照理性难以言说的幽微人性。看穿这一点的，乃是柏拉图的弟子亚里士多德：欲为政治哲学的理性秩序牺牲掉诗意，内心却仍怀抱对诗性情思的隐秘渴望，处于文化转型期的柏拉图，在诗与哲学的争论中，并无力弥合这种精神的冲突。诗，命若琴弦般脆弱，直等到亚里士多德的时代——希腊文化绚烂成熟的总结期，一部《诗学》，才最终为诗性的存在正名。

为诗一辩

诗比历史是更哲学的，更严肃的：因为诗所说的多半带有普遍性，而历史所说的则是个别的事。

——〔古希腊〕亚里士多德《诗学》

篇章既富，评骘遂生，东则有刘彦和之《文心》，西则有亚里士多德之《诗学》，解析神质，包举洪纤，开源发流，为世楷式。

——鲁迅《论诗题记》

台湾作家龙应台曾有个精妙的譬喻：如果说哲学是一座可以望见星空的迷宫，历史是沙漠中绽放的玫瑰，那么，文学则像白杨树在湖中的倒影。在人类的精神家园里，文学，这凝结了丰盈诗意的美丽倒影，它存在的价值何在？文艺创造的目的又是什么？这是古典文艺史上长久争辩的谜题，在西方，首先撼动思维禁区，为艺术正名的诗性突围，则和一桩著名的“师门恩怨”有关。

“吾爱吾师，但更爱真理”，柏拉图的学生亚里士多德，十七岁就进入雅典的柏拉图学园学习，后又留校工作，亲炙恩师教诲二十年，却在老师去世十多年后自立门户，布道授学：柏拉图主张贵族教育，他则利用晚上时间面向一般的文化爱好者公开讲课；柏拉图高喊要将诗人驱逐出“理想国”，他却不仅编纂了以谈论诗法为核心的讲义《诗学》，还竭力肯定文艺创造的价值，认为诗比历史更真实；柏拉图认为，文艺契合了人性中“那些卑劣的部分”，他则高度推崇悲剧、音乐等艺术对人情绪和心灵世界的“净化”作用……在柏拉图哲学的旧废墟上，亚里士多德以涤荡一切的勇气，重建了一套精密、深邃的思想体系。他的《诗学》，被誉为“欧洲文艺的法典”，他本人也被车尔尼雪夫斯基“点赞”为“第一个以独立体系阐明美学概念”的人。

需要特别说明的是，在亚里士多德时代，“诗”的含义并不限于我们今天所说的诗歌艺术，而是包括了文学、戏剧等丰富的艺术门类在内，其中代表古希腊文艺最高成就的史诗和悲剧艺术，更成为《诗学》讨论的重点。也正是对希腊文艺光辉经验的理性总结，为亚里士多德提供了锐意“反叛”的勇气。《诗学》第二十五章，列举了三种不同的创作方法：“照事物本来的样子去摹仿、照事物为人们所说所想的样子去摹仿，或是照事物应当有的样子去摹仿。”

第一种摹仿简单粗糙，并无多少诗性的灌注与匠心创造可言。第二种摹仿，则已在机械的写实之外，开辟出洋溢着艺术想象的创造天地。根据希腊神话创作而成的《荷马史诗》，那些神祇间无休止的情欲、杀戮与苦痛，在历史上并不真实，但在诗人所假定的虚构世界里，其所呈现的希腊风俗、文化风貌却是真实而合情合理的，这样的“艺术幻觉”与想象，自然值得肯定。在三种摹仿艺术中，亚里士多德最欣赏和推崇的，是按照“事物应当有的样子”去描述。这“应当有的样子”，其实就是理想化的艺术加工，是洞悉社会历史发展和普遍人性规律后，借艺术之容器，浇心中之块垒，在现实世界、虚构世界之外，再造一个心灵的世界。这一最高层次艺术摹仿的完美诠释，就是古希腊悲剧艺术。埃斯库罗斯笔下的“盗火者”普罗米修斯，虽然是个虚构的人物形象，却被寄予了希腊先民对光明与自由的渴望，他的被缚与反抗，不正是对千百万理想主义者殉道历程的高度概括和浓缩吗？还有索福克勒斯创作的《俄狄浦斯王》（1718年伏尔泰也曾撰写过悲剧《俄狄浦斯王》，在巴黎连续上演45个晚上，从而打破了在巴黎上演的戏剧的所有纪录，使他净赚了4000法郎，接着他又用这笔钱投资，这种金融意识在文人中是极为罕见的。1729年，政府发行一次漏洞百出的彩票，全部被他买下了，因而大赚了一笔。而大方慷慨的他，在步入中年后，周围已聚集了一大群门徒和食客），主人公始终为残酷命运的阴影所笼罩，却始终不曾屈服于杀父娶母的神祇巫言，最后自剜双目的毁灭场景，不仅极大震撼了人们的心灵，引发了怜悯和共鸣，更像是一曲对人与命运、人与环境等永恒精神冲突的灵魂拷问，其所呈现的人性深度与烈度，早已突破了虚构与非虚构的界限，超越了不同文化和时空的界限，成为人类命运交响曲的最强音。这样浓烈悲怆的舞台艺术，这样融共同审美情感和人性感悟于尺牍之间的“诗”，难道不比个别呈现的历史事件，比某些囿于已见的哲学思考，更加严肃、真实吗？

肯定了诗和艺术的存在价值之后，亚里士多德还积极主张从审美的眼光，讨论、评价艺术，而不是像柏拉图那样，被伦理学、政治学的“非诗”因素所遮蔽。他认为：“衡量诗和衡量政治正确与否，标准不一样。”如果诗人挑选某一件事物来摹仿，而缺乏表现力，这是本身的错误，而“不知母鹿无角而画出角来，这样的错误并没有画鹿画得认不出是鹿那样严重”。这一番艺术鉴赏的洞见，不仅在古希腊时代属于超前，哪怕到了今天也仍如金玉之音，更超越了东西方文化的差异，成为我们领略文艺奥妙的不二法门。

我们知道，天才很难与别的天才相处，就像火药一遇到火，就会爆炸一样。因此，才会有这宗流传千古的师徒恩怨。但是，人们依然会觉得那些岁月是美妙的，一位才华横溢的弟子和一位卓越杰出的大师，悠然漫步于哲学园地。

姑举中国古典文学名著《红楼梦》为例，数百年来，对这部小说的研究与批评也可谓汗牛充栋，甚至形成了显赫一时的“红学”。有人锱铢必较，陷入考据苦海，试图从饮食、建筑等角度，佐证《红楼梦》与清末历史的现实关联；有人孜孜不倦，索隐出贾宝玉乃影射康熙废太子胤礽的惊世发现；甚至还有人将小说图解为封建阶级斗争的教科书、女权主义的启蒙读物……现实主义、浪漫主义等批评武器轮番上阵，却唯独缺少了亚里士多德所说的诗性审美眼光，自然只能深入宝山而徒然空归了。

其实，中学西学，本就同此宇宙诗心，近人常将与刘勰所著的《文心雕龙》，与亚里士多德的《诗学》并称为“中西文论双璧”。《诗学》以希腊史诗、悲剧创作经验为圭臬，奠定了西方文学创作和批评的审美根基，《文心雕龙》则以诗、文为重点，举凡创作运思、文字情采、比兴夸饰，都“一网打尽”，可窥东方艺文之精妙；《诗学》将文艺批评的责难分为不能发生、不近情理、有害处、有矛盾和技术上不正确处等五类十二处；《文心雕龙·知音》篇则指出，“是以将阅文情，先标六观：一观位体，二观置辞，三观通变，四观奇正，五观事义，六观宫商”；《诗学》诞生于古希腊文艺的总结时期，《文心雕龙》则为古典文艺空前繁荣的“魏晋风度”所滋养……总之，肯定独立的文学审美价值，注重文艺创作和批评的具体技巧，从而在精神文化谱系上，确证诗和艺术应有之地位，古典文艺思想所包孕的诗性审美和批评智慧，难道不值得后人仔细揣摩、精心研求吗？

人的觉醒

活着，像泥土一样持续，
带着血，在每一河湾，每一灌木丛里。
甚至奥菲丽娅的脸仍在等待
在每一道溪流与伸向它的青草之间

她吞咽着爱，充填她的嘴
以淤泥。一把金属之上的光的斧柄！
我赋予我的爱给你，它太高了。
在天空之上是我的葬礼。

——〔俄〕茨维塔耶娃《约会》

今年是莎士比亚（1564—1616）逝世四百周年。数百年的历史文化积淀，莎翁戏剧早已成为西方乃至世界文学正典的中心，如精神酵母般孕育、催生了一大批优秀文艺作品，不同时代的诗人，也都曾借怀凭吊莎翁，浇自家块垒。有人对莎士比亚表现“整个宇宙”的艺术雄心钦佩不已，比如德国大诗人歌德，就曾在三百多年前的莎士比亚纪念日，发表过《说不尽的莎士比亚》主题演讲，激情礼赞道：“自然，自然！没有比莎士比亚的人物更自然的了！”难怪丘吉尔说：“英国人宁愿失去一个印度，也不能没有莎士比亚。”因此，牛顿、莎士比亚、凯恩斯永远是英国人的骄傲！也有人对莎翁笔下人物的命运“念念不忘”——俄国女诗人茨维塔耶娃的这首《约会》，便是写给奥菲丽娅的绝望而哀伤的“情歌”。

《哈姆雷特》第四幕，奥菲丽娅因爱而精神失常，坠河而死：“她的衣服给水浸得重起来了，这可怜的人歌儿还没有唱完，就已经沉到泥里去了。”这悲剧的一幕，在《约会》里再次重现：“她吞咽着爱，充填她的嘴以淤泥。”看似简短的诗句，却是对奥菲丽娅之爱的现代“发现”——人们常说，一千个读者有一千个哈姆雷特，其实，作为莎翁悲剧里爱和美化身的奥菲丽娅，又何尝不曾有过这样被开放阐释的“礼遇”呢？

《哈姆雷特》里的奥菲丽娅，是贵族之女，丹麦的“准王妃”，爱人哈姆雷特的复仇计划，却最终摧折了这美丽的花朵：哈姆雷特先是佯装癫狂，拒绝了奥菲丽娅纯真的爱，后来又杀死了奥菲丽娅之父波洛涅斯……在经历了一系列宫闱血腥、人伦惨变之后，奥菲丽娅最终戴着花环自溺，为整个王子复仇计划乃至黑暗权力斗争唱响了一曲哀歌。从全局的戏剧情境来看，奥菲丽娅似乎不能不疯，不得不死；但无论是从溺亡的方式还是场景来看，奥菲丽娅之死，更多包含了个人意志的主动选择，近乎于一种残酷而诗化的仪式了：鲜花、河流、少女的歌声……莎士比亚以一种美丽价值的绝对毁灭，完成了对黑暗时代的强力控诉：从文学与现实的关系来看，那个扼杀少女生命，被哈姆雷特指责为乾坤颠倒、罪恶无常的丹麦王国，不正是欧洲中世纪历史的一个缩影吗？

在西方史学界，欧洲中世纪一度被视为罪恶和黑暗的代名词：严密的宗教思想控制、崩溃的伦理秩序，以及对美好人性的严酷摧残……正是在对中世纪的精神叛逆中，文艺复兴运动以对古希腊、罗马艺术的复古之名，高扬人文主义的旗帜，掀开了思想解放的铁幕。莎士比亚的戏剧，与但丁的诗歌、达芬奇的绘画一起，是文艺复兴时代西方艺术的最高结晶，张扬着“人的文学”的充沛力量。在人的精神世界里，爱情无疑是最撩人心魄的情感元素，甚至具有生死以之的强大感召力，《哈姆雷特》里的奥菲丽娅为爱而疯，为爱而死的悲剧形象，不正是对这一情感价值最有力的确证吗？作为王室政治斗争牺牲品的奥菲丽娅死了，但挣脱了现实世界和肉身束缚的另一个奥菲丽娅，却获得了艺术的永生，成为西方文艺悲剧之爱的象征。

“奥菲丽娅不曾畏缩于后悔”，茨维塔耶娃在《约会》一诗中，对这种为爱毁灭的高贵精神取向，予以了热烈的歌吟：“我赋予我的爱给你，它太高了。在天空之上是我的葬礼。”那么，一个孱弱的女诗人，为何竟对奥菲丽娅式的悲剧之爱如此推崇？让我们浏览下女诗人的简历吧：茨维塔耶娃（1892—1941），一个十六岁就出版处女作，以“不容怀疑的天才”引起文坛震动的杰出诗人，却在世俗的生活中，承担了太多痛苦。她的军官丈夫因陷入政治斗争而遭处决，她本人被迫携带孩子流亡海外十七年。1939年回国后，又遭遇连番打击，于1941年自杀于俄国中部的一座小城。

但这颠沛流离的一生，并未压垮诗人对艺术和爱的信仰，在极端残酷的流亡环境下，茨维塔耶娃创作了一系列富有深沉悲剧气质的诗篇，《约会》正是其中的代表。这首诗歌写奥菲丽娅的绝望的爱，也是诗人对艺术和命运的自白：正如奥菲丽娅以生命追求纯洁的爱，女诗人也以巨大的痛苦，书写着高贵的心灵。“我将迟到，为我们已约好的相会，当我达到，我的头发将会变灰。”全诗的开篇，一种浓烈的命运悲剧的气息就扑面而来，这生死执着的相会，当然不仅仅是奥菲丽娅式的爱情约会，更指向了艺术和心灵的自由邀约。“她吞咽着爱，充填她的嘴以淤泥。”这里的“她”，已经从奥菲丽娅拓展到了诗人群体的象征，在生活淤泥的巨大窒息中，渴盼着更高层次的灵魂之光。“我赋予我的爱给你，它太高了。在天空之上是我的葬礼。”生存于大地，而葬于天空，面对诗人这样决绝的言说和高贵的姿态，除了震撼，除了感佩，我们又还能说些什么呢？如果说，《哈姆雷特》里的奥菲丽娅，是以悲剧的命运完成了情感价值的确证美好人性的觉醒，那么，到了茨维塔耶娃的笔下，那“仍在等待的奥菲丽娅的脸”，代表的则是一种诗性的确证了——包括文艺复兴运动在内，全部文艺的终极归宿，不正是为了唤起人心目中最宝贵的人性和诗性吗？中国人不也有“宗教虽多，其理一以贯之”的人性归宿之解吗？

值得我们关注的是，与茨维塔耶娃同时代的另一位俄国伟大女诗人阿赫玛托娃，同样以饱含热泪的笔触歌吟过文艺复兴时代，那悲剧性的爱。在《但丁》一诗中，她将文艺复兴的代表人物、意大利诗人但丁定格为悲壮的殉道者形象："手持一支燃着的烛火他不曾行走，穿过他的佛罗伦萨——那为他所深爱的、不忠的，那为他所渴望的……"和茨维塔耶娃相似，阿赫玛托娃的一生，也遭遇了巨大的不幸，其悲怆的命运连布罗茨基这样的诗坛硬汉都悲戚动容，称她为"哀哭的缪斯"。缪斯是希腊神话里的文艺女神，也是数百年前欧洲文艺复兴运动的复古标志，而以茨维塔耶娃、阿赫玛托娃为代表的当代诗人们，又在对莎士比亚、但丁等文艺复兴巨人的持续回望里，"复兴"着那些永恒的精神元素：人性的觉醒、诗性的渴盼和高贵而自由的爱。

静穆的峰顶

一切的峰顶，
无声，
一切的树尖，
全不见
丝儿风影。
小鸟儿在林间梦深。
少待呵，俄顷
你快也安静。

——〔德〕歌德《流浪者之夜歌》（梁宗岱 译）

闻一多读《春江花月夜》，静谧澄澈的诗境里有一种“更敻绝的宇宙意识！一个更深沉、更寥廓、更宁静的境界！在神奇的永恒前面，作者只有错愕，没有憧憬，没有悲伤”。故有“孤篇冠全唐的”惊艳。在西方文学史上，歌德（1749—1832）的这首《流浪者之夜歌》，同样以“宇宙意识”和“生命情怀”取胜，散发着“一种不可思议的、无法言传的魔力”

（海涅语）。

1780 年 9 月的夜晚，三十一岁的歌德在饱览吉息尔汉山山顶的美景后，写了这首短诗。此时，西方文艺正处于从新古典主义转向浪漫主义的过渡期。不同于文艺复兴的“旧瓶装新酒”，新古典主义乃是用机械腐朽的“立法”，为文艺创作套上了“紧箍咒”：戏剧必须遵循时空高度统一的“三一律”；就连抒情诗也因不符合古希腊文艺的古典准则而被轻视……闻一多说，唐人的绝句是宫体诗这一呆板文学样式的“自赎”，年轻的歌德们又何尝不想在新古典主义的陈腔滥调之外,呼吸到新鲜的空气？

一场旨在涤荡旧的文艺体式，张扬个性和情感的文学革命，遂应运而生了。歌德是“狂飙突进”运动的旗手，他1774年的抒情意味极浓的书信体小说《少年维特之烦恼》，则是这激进文艺革命中少数经得起时间考验的经典——情感充沛的少年维特自杀了，他的死，与其说是一场无望爱情的殉葬，不如说，是向苦闷时代的心灵桎梏发出的最绝望的呐喊。小说风靡欧洲，不少年轻人甚至纷纷效仿维特式的唯美自杀方式：迷蒙的眼泪、凄切的爱人、飘零的白玫瑰……而作者歌德却在意外“走红”之后，开始反思起自己曾无限醉心的感伤文艺：

> 我说古典的就是健康的，浪漫的就是病态的……近代作品之所以是浪漫的，并非因为它们是新的，而是因为它们是软弱的、感伤的、病态的。古代作品之所以是古典的，也并非因为他们是古的，而是因为它们是强壮的、新鲜的、欢乐的、健康的。

新古典主义以理性主宰文艺，阉割了情感这一文艺的灵魂，自然不足取，但早期浪漫主义片面强调感情的解放，把文艺降格为情感宣泄的工具，这是否又是另一种病态呢？为挽救这种过于颓废的文艺倾向，歌德开始把目光重新转向古希腊文艺，那被温克尔曼誉为“高贵的单纯和静穆的伟大”的真正古典之美。

这首《流浪者之夜歌》，短短八行，却自有一番宁静宏大的生命气象，很大程度上正是归功于希腊古典文艺的精神底色。正如席勒评价古代诗歌有一种外在自然（现实）和内在自然（人的本性）的统一之美，歌德的这首短诗，也像一块浑然天成的璞玉一般，响彻着和谐的乐章：深沉的夜色笼罩着山顶，一切都是静谧的，树梢的微风，安眠的鸟……与这宁静的自然氛围相一致，诗中的“你”也将摆脱所有尘世的喧嚣，进入安宁之境。这种心境与情景、自然与心灵、人与宇宙浑然交融的审美境界，弥合的，是西方哲学二元对立的人神分裂，暗契的，倒是东方文化“天人合一”的理想之境了。

“一切的峰顶，无声，一切的树尖，全不见”，表面看来，歌德笔下是寂静的无，仔细揣摩，诗人发现的却是永恒的“有”：寥廓的宇宙情怀，宁静自然的生命本真状态，还有什么比这样的美，更为隽永，更为深刻呢？杜甫说“会当凌绝顶，一览众山小”，歌德在吉息尔汉山山顶窥探到的，却是一颗更加博大深邃的宇宙诗心。

王国维《屈子文学之精神》里说，像屈原这样的大诗人，“必须俟北方人之感情，与南方人之想象合而为一”才能孕育，而在西方文学一脉，则更侧重诗情与哲思的平衡。歌德的浪漫诗情自不必说，受惠于启蒙运动的理性思潮，特别是德国文化骨子里难以抹去的哲学思辨基因，他对诗宇宙生命的宏大哲思也一刻未曾停止。《浮士德》是这哲学野心的诗化表述，他本人对自然科学、绘画等各个知识领域的钻研，更是这种健全人格和充沛生命元气的体现。歌德之后，西方文化史上，似乎很难再找到全面发展的文化巨人，像《流浪者之夜歌》这样贯穿着宇宙意识和生命情怀的短章，自然也成了绝唱。

1831年8月，歌德重游旧地，并重读旧日题诗，在念到诗的最后两句诗时，据说，这位八十一岁的老人泪流满面。此时，资本主义和工业文明强势扩张之下的西方文化，已开始显露某种现代危机，歌德的同时代好友、德国哲学家席勒就曾一针见血地指出：

> （近代社会）是一种精巧的钟表机械。其中由无数众多的但是都无生命的部分组成一种机械生活的整体。政治与宗教，法律与道德习俗都分裂开了；欣赏和劳动脱节，手段与目的脱节，努力与报酬脱节。永远束缚在整体中一个孤零零的断片上，人也就把自己变成一个断片了……

精神分裂的时代，怎能重享昔日诗篇里的自然与安宁？老泪纵横的歌德，他所悼念的，又何尝不是一个黄金时代的逝去呢？

第三章 苦闷象征

孤独的梦呓

现代性的忧郁

高贵的挽歌

反抗绝望

孤独的梦呓

我的忧伤也和他们
并非一类——同一种高论
无法使我热血沸腾——
我爱的——别人想爱也是不能。

——〔美〕爱伦·坡《孤独》

在世界文化的版图上，美国是一个比较另类的存在。作为新兴文化力量的代表，它既没有英、法这些欧洲传统文艺大国悠久绵长的人文底蕴，缺乏以德国文化为代表的理性哲学的光芒，但正是在这片曾经被疏离于西方文化“正典”的土地上，却唱响了现代主义文学最初的歌吟。

19世纪中期的美国，钢铁齿轮驱动下的工业文明，已是一片繁荣的景象，作为那个时代的“世界工厂”（历史是惊人的相似，20世纪末此情此景在中国再现，详见第八章《坚硬的冷光》），美国正经历着从农业大国向工业化、城市化的巨变转型，从流水线上不知疲倦的工人到“西进运动”中渴望一夜暴富的冒险者，直到波士顿城里西装革履、叼着烟斗、醉心于数字算计的资本家，整个美利坚，都笼罩于无限扩张的资本主义魔性光环之下。很少有人能从紧张匆忙的节奏中，停下疯狂逐利的脚步，观察下那些游荡在都市街头的另类——他们大多是一些失意落魄的年轻人，他们的神色里有一种异于常人的敏感，行为也颇为放荡不羁，有时也会写些冷僻深奥的诗，在浓烟滚滚的烟囱之下。

弗吉尼亚青年爱伦·坡（1809—1849）正是其中的代表。他是波士顿一对流浪艺人的孩子，不到三岁就成了孤儿，养父是弗吉尼亚的一个富商。尽管有并不愉快的童年，但他本该拥有世俗意义上的成功——弗吉尼亚大学和西点军校，是当时孕育美国社会政商贵族的摇篮，爱伦·坡曾有幸在那里学习，可他最终选择了退学，诗人骨子里对某种渐趋稳定的社会共同体的强烈叛逆，使他的人生境遇急转而下——养父和他断绝了关系，他从一个精英少年重新“坠落”为贫民窟的常客、街头的流浪者。

这首以怀念童年经验为主题的《孤独》，收藏于巴尔的摩一位女士的纪念册，是爱伦·坡流浪行吟里的成名之作。诗里的“我”，从童年时，便有异于别人孩子的视野，“我”“难于随同众人为些许小事激动”，却对神秘的自然景象醉心无比：“我从激流、山泉与岩石——从绕我旋转的太阳/依旧秋日灿烂的金光/我摄取/从那天上的闪电/当它飞快掠过我身边——从雷霆、黑压压的暴风雨——还从乌云（远处天宇仍然是一片蔚蓝），当它在我眼里成为恶煞。”人是脆弱的，大都市中现代人的内心尤其敏感幽微，只能在童年的追忆里获得心灵的安慰。可与西方古典文学美好、纯洁、童话般和谐的童年不一样的是，这首诗里的童年经验却充满着神秘的力量，一种来源于自然深处的狂暴与野性，无论是夺目的太阳，还是飞快的闪电，以及乌云密布的景象，种种意象的组合，无不凸显着这另类童年的现代特征——爱伦·坡所属的时代。从经济、文化各方面看，资本主义扩张的速度已相当迅猛，以工业文明为基础的现代文化，已逐步从萌芽走向规制化的成熟，以爱伦·坡为代表的一批年轻人，却始终警醒、抵触甚至反叛着无限扩张的资本，似乎挣脱它对人心灵自由的束缚，“我仍然为它控制”，而控制“我”的，是这荒凉、野性甚至如“恶煞”般存在的原野景物，是与机械、理性的工业文明截然相反的原始自然，童年是早已回不去了，却又无法融入现实秩序的冰冷齿轮，“我”怎能不在两种文明的“交战”中心力交瘁，备感“孤独”？

在另一首诗歌《梦中梦》里，爱伦·坡将源于童年经验的孤独感再次发酵，直抒胸臆道：“我的人生只是一个梦。”这人生如梦的呐喊，固然有诗人独特个人经历的投射，但何尝不是现代人苦闷精神环境的一个缩影？当下中国，连“对酒当歌，人生几何”的感叹都没有了，只剩下“不要天长地久，只要曾经拥有”，这难道不是信仰缺失、及时行乐的一种文化堕落和精神苦闷吗？

爱伦·坡最终在穷困潦倒中，病逝于一家平民医院，他那些弥漫着忧郁、绝望、颓废和悲剧气息的诗作，却成为西方现代主义诗歌的艺术先驱。一个颇有意味的细节是，在《孤独》里频频出现的破折号，竟成为现代诗歌的符号标示，在艾米丽·狄金森等诗人那里获得了形式上的复制。现代文字符号体系里的破折号，有语义延长和转折的意味，爱伦·坡大胆尝试在密集的语句间插入破折符号，打破了西方古典诗歌以节奏流畅为美的惯例，加上频繁的换句和转行，读来更多了几份迟滞甚至支离破碎的感觉，似乎“我”的心绪总处于犹疑和不确定之中。

正是这处于文化过渡期的犹疑，一种欲说还休的苦闷，构成了早期现代文艺的鲜明特征，法国诗人波德莱尔也正是在他无限推崇的“精神导师”爱伦·坡影响下，才从纷繁复杂的现代文化现象中，抽取并定义了“现代性”的概念，拉开了现代主义文学波澜壮阔的历史帷幕：“现代性就是过渡、短暂、偶然，就是艺术的一半，另一半是永恒和不变。”

现代性的忧郁

自然是座庙宇，那里活的柱子
有时说出了模模糊糊的话音；
人从那里过，穿越象征的森林，
森林用熟识的目光将他注视。

——〔法〕波德莱尔《恶之花·应和》

他的诗在第二帝国的天空上闪耀，
像一颗没有氛围的星。

——〔德〕本雅明《论波德莱尔的几个母题》

《恶之花》卷首里说，世界上“有一个更丑陋、更凶恶、更卑鄙”的怪物，“它不长牙无爪，也不大喊大叫，却往往把大地化作荒芜不毛，还打着哈欠将世界一口吞噬”。那么，波德莱尔笔下的这个“怪物”究竟是什么呢？

过去的文学史，受制于意识形态的束缚，往往将《恶之花》定义为一本“暴露之书”，腐尸、骷髅、污血、妓女……诗集中频频出现的这些意象，均被指为“资本主义精神之恶”的“罪证”，若按这样的读诗法，那么，波德莱尔（1821—1867）的这本诗集大概比市井街头的小黄书高明不了多少，更何况，诗人所描绘的社会现象和人的感受，难道仅仅是19世纪的资本主义社会所特有的吗？仅以下面这段心理描写为例：“迷失在这个卑鄙的世界里，被人群推搡着，我像个筋疲力尽的人。我的眼睛朝后看，耳朵的深处，只看见幻灭和苦难，而前面，只有一场骚动。没有任何新东西，既无激动，也无痛苦。”大凡有过都市生活经验且精神较为敏感的现代人，不都曾有过类似的空虚、幻灭和厌倦之感吗？

可见，“恶之花”之“恶”，早已跨越了意识形态和年代的界限，若其真有暴露的一面，那么，所折射的也是整个现代社会和现代人的精神“癌变”——现代性之恶。

学术界有关“现代性”概念的研究可谓汗牛充栋，这样专业的研究，也并不是我们这本小书所能胜任的，尤其像我这样的缺少专业训练的“诗想家”“读诗人”。大致而言，我们所说的现代性包括两个方面：社会现代性和审美现代性。社会现代性，主要指的是一种社会秩序的现代变化。工业文明和理性启蒙主导下的现代社会，在带来高度繁荣的物质文明的同时，也束缚了人的精神自由，物欲奴役了人，人和人之间的关系又因为物欲的膨胀而变得冷漠、疏离，特别是在人口聚集、生活工作节奏快速的大都市，现代人的孤独、迷茫和各种难以名状的痛苦愈发浓厚。

19世纪的巴黎，正是这样一座有着典型现代都市病的城市。波德莱尔的《恶之花》，大部分诗篇所描写的，也正是光鲜华丽下的城市外表下，那些被遮蔽的躁动欲望与阴暗人性，比如诗人对于巴黎赌场的描绘："在这里你看见地狱一般的景象/那是一个夜晚/在梦中我看见它在我超凡的目前展开。"再比如他写忧郁的现代人，被紧张计时的社会节奏所异化的心理："一分一分钟过去/时间将我吞噬/像无边的大雪覆盖一个一动不动的躯体。"

但"暴露之诗"并非《恶之花》的全部，机械的现实反映和模拟，也不是波德莱尔真正的文学追求。《恶之花》第一部分"忧郁与理想"就收录了一批风格优美的抒情诗，《应和》是其中的代表。

这首诗被称为"象征派的宪章"，第一段就将笔触伸向了自然与人之间彼此相连，互为象征的深层神秘关系，西方文学源头的希腊神话小庙，在波德莱尔笔下发出了"模糊的话音"，"人从那里过，穿越象征的森林，森林用熟识的目光将他注视"，现代人先是在郁郁葱葱的自然里迷失，接着，又沉醉于这自然的灵性了："如同悠长的回声遥遥地回合/在一个混沌深邃的统一体中/广大浩漫好像黑夜连着光明/芳香、颜色和声音在相互应和。"这短短的诗行间，诗人将声（悠长的回声）、色（芳香）、视觉的感受（黑夜连着光明）融合到了一起，构建起一个"混沌深邃的统一体"，这个"统一体"，也就是人和宇宙、自然的深度和谐，是社会秩序、自然秩序之外的第三种秩序——心灵秩序。不是吗？现化人因为走得太远而不知道要去哪儿了。

梁宗岱论象征和比喻的区别时就曾说，比喻，只是对外部世界的模仿，而象征主义所渴求的，其实是以神秘的心灵秩序来突破西方文化传统中人和物、主观与客观、理性与感性的绝对界限，达到浑然一体的自由。也只有在“心灵秩序”的统摄下，诗人才能获得奇妙新鲜的精神愉悦：

> 有的芳香新鲜若儿童的肌肤，
> 柔和如双簧管，青翠如绿草场，
> ——别的则朽腐、浓郁，涵盖了万物
>
> 像无极无限的东西四散飞扬，
> 如同龙涎香、麝香、安息香、乳香
> 那样歌唱精神与感觉的激昂。

声音使人看到颜色，颜色让人闻到芳香，又在芳香中感受到灵魂的激昂，通感手法的纯熟运用，最终将我们带到了一个充满通灵的艺术世界。波德莱尔认为，诗人的任务就是把“人类生活无意间置于其中的神秘美提炼出来”。而不同于社会现代性的机械、理性与麻木，这种神秘而富有象征色彩的美，也成为波德莱尔所定义的美学现代性或者叫审美现代性的起点：“现代性就是过渡、短暂、偶然，就是艺术的一半，另一半是永恒和不变。”

一方面，用赤裸的“暴露”场景展示现代人在强大的社会现代性面前总体性精神崩溃，另一方面，又通过象征主义的诗歌表达方式，以审美现代性所蕴含的丰富感性和美感，来纠偏甚至反抗社会现代性，这，才是《恶之花》真正的诗学内涵，也是波德莱尔的艺术野心所在。只是，那些回忆里的芳香总是稍纵即逝，以“过渡、短暂、偶然”为基本特征的现代艺术，又如何能抵御工业现代化的滚滚洪流呢？无怪乎本雅明在评价波德莱尔时，要发出感伤的叹息了：“灵晕在震惊经验中分崩离析。”本雅明所说的“灵晕”，也就是诗性的神秘之美，“震惊经验”指的是波德莱尔对现代人精神困境的重新发现，一句话，审美现代性的乌托邦在社会现代性的撕扯下，碎如风中纸屑，纷纷扬扬。

高贵的挽歌

我见过这群光辉的天鹅，
如今却叫我真痛心，
全变了，自从第一次在池边
也是个黄昏的时分，
我听见头上翅膀拍打声，
我那时脚步还轻盈。

——〔爱尔兰〕叶芝《柯尔庄园的野天鹅》

上一节，我们以波德莱尔笔下的巴黎为例，讨论了两种现代性的冲突。其实，淹没于社会现代性滚滚洪流中的，又岂止是都市？工业革命和资本主义发展带来的巨变，也冲击着宁静恬美的乡村，粉碎了一个又一个清新的田园迷梦。

1916年的秋天，爱尔兰郊外一处美丽的私人庄园即将被收归国有。庄园的主人格雷戈里夫人最后一次邀请好友、诗人叶芝（1865—1939）到园中小聚。五十一岁的叶芝，漫步在十月的黄昏，凝望着湖中将要被人为驯化的野天鹅，感伤之余，写下了这首著名的《柯尔庄园的野天鹅》。

据记载，叶芝一生曾多次在柯尔庄园憩居，水光潋滟的明澈湖景，给他留下了难以抹去的印象：

树林里一片秋天的美景，
林中的小径很干燥，
十月的黄昏笼罩的流水
把寂静的天空映照；
盈盈的流水间隔着石头，
五十九只天鹅浮游。

盈盈流水，静谧天空，叶芝的诗歌语言极富质感，仿佛一位高妙的匠人，将天鹅浮游的图景立体化地刻画了出来。天鹅固然高贵，更难得的是，它和栖居的自然环境亲密地融合在了一起，呈现出一种典型的乡村文明秩序：和谐、天然、物物相亲，丝毫没有掺杂进工业文明的人为污染，更没有技术理性所制造的种种隔阂。

天鹅浮游的宁澈之象是美丽的，而对于这种美的捕捉，只能依赖于一颗同样清澈安宁的诗心。叶芝早年曾经写过一首音乐节奏感极强的田园抒情诗《茵纳斯弗利岛》，诗人的理想就是在这座虚拟的岛上“搭起一个小屋子，筑起泥笆房；支起九行芸豆架，一排蜜蜂巢，独个儿住着，荫阴下听蜂群歌唱。”也正是在这样一种简朴自由的生活中，在夜夜轻拍湖畔的水声中，“我就会得到安宁”，“在心灵深处听见这声音”。

有意思的是，从19世纪上半叶开始，像叶芝一样选择返璞归真，在自然的怀抱中安顿身心的诗人并不在少数，欧美文化界，甚至掀起了一股“自然寻根”的文化热潮，美国哲学家、作家梭罗还身体力行，在瓦尔登湖畔自耕自种，隐居近两年，并以自然随笔的形式记录了这一段与自然无限亲近的时光（《瓦尔登湖》）。梭罗说：“我尽管不富甲天下，但我拥有艳阳天。”

而这一历史时期，正是资本主义工商业高速发展，西方社会全面迈向现代化征程的黄金岁月。反感于社会现代性标榜的科技理性、实用主义和乏味寡淡甚至日益刻板的生活趣味，诗人们借对自然的回归，反思现代文明的丑陋，并在田园诗篇的歌吟里寄予了现代审美的冲动，而柯尔庄园的野天鹅正是此一审美意绪的投射下，乡村文明价值的象征。

而如今，田园将芜，天鹅们也将面临被驱除甚至人为驯化的命运：“有一天醒来，它们已飞去，在哪个芦苇丛筑居？哪一个池边，哪一个湖滨，取悦于人们的眼睛？”诗人为柯尔庄园的收归国有而愤怒，为这群“光辉的天鹅”的变化而“疼心”，更哀悼于一种古老而高贵的文明价值的失落，一种理想审美形态的最终破碎。遥想昨天，我们儿时的记忆不也如此吗？

这已经不是一般的咏物诗了，更像是一曲自然、历史和美的挽歌。其实，从更大的历史视野来看，这些天鹅的消失和古老文明价值的陨落，似乎是现代化潮流不可逆转的趋势。但现代化并不等同于现代文明，社会现代性更无法简单勾兑和抹杀掉现代人丰富细腻的审美感受，现代化的最终目的，在于实现人的自由而全面的发展，其中也包括了精神世界的日臻丰盈。如果一种社会形态的现代转换，是以牺牲掉人的美好心灵体验和审美能力为代价的，那么，这样的现代化本身，就是很可疑的。从这个角度上看，叶芝的天鹅咏叹调，就绝不是现代诗人空洞的无病呻吟了，更像是一记清钟，时刻提醒我们不忘现代文明的价值核心所在，以免和消失的天鹅一样，在现代化的强势裹挟中，失去了心灵自由的光辉。

写到这里，我们还想谈谈叶芝诗歌的接受问题。在19、20世纪之交的外国诗人里，叶芝是不少中国读者心目中的“明星诗人”，而如此高的辨识度，恐怕来自那首著名的情诗《当你老了》。叶芝的这首情诗感人流畅不假，他和演员毛德·岗一生跌宕的情史也的确颇能打动人心，但如果据此而将《当你老了》这样的流俗之作视为叶芝诗歌的代表作，那我们对于现代诗歌艺术的理解也就失之轻佻了。

我们认为，理解现代诗人，理解诗歌艺术的现代转型，必须着眼于20世纪现代文化转型的大背景，感受现代与传统、社会现代性和审美现代性激烈交错间，人的矛盾、复杂与痛苦——举凡公认的现代大诗人，像波德莱尔、叶芝等人，对于现代人深层次的精神苦闷和价值冲突，总有一种异乎寻常的敏感，并努力以语言表达的极限，探索着丰富而痛苦的心灵世界。他们的诗作，也构成了审美现代性思潮的强劲一环，组合成现代人的“心灵史”，并印证着亚里士多德对艺术终极价值的睿智判断：诗，有时比历史更加真实。

反抗绝望

谁这时没有房屋，就不必建筑，
谁这时孤独，就永远孤独，
就醒着，读着，写着长信，
在林荫道上来回
不安地游荡，当着落叶纷飞

——〔奥地利〕里尔克《秋日》

1902年，二十七岁的青年诗人里尔克（1875—1926）在巴黎拜见了艺术大师罗丹，并成为他的助手。与大师亲密接触两周后，诗人写下了这首著名的《秋日》。

“主啊！是时候了。夏日曾经很盛大。”以对上帝的呼唤开启诗篇，这一声“主啊”的咏叹，包含了太多悲悯与救赎的渴望。从1897年开始，里尔克开始了长达数年的欧洲游历生活。正如本章所反复描述的那样，此时的欧洲，被发达资本主义掩盖的现代精神危机已经显现端倪，一颗颗自由的心灵被强势的资本力量所“异化”，人们普遍处于一种苦闷、焦虑，甚至绝望的情绪中。一路走来，里尔克亲眼见证了欧洲社会表面繁华下的精神溃散。在咏物诗名作《豹》里，他以巴黎动物园中一只被樊笼所困的豹为象征，写下了身陷现代性困境中的人的痛苦：

它的目光被那走不完的铁栏杆
缠得这么疲倦，什么也不能收留。
它好像只有千条的铁栏杆，
千条的铁栏后便没有宇宙。

如果说，豹为铁栏杆所监禁，那么，束缚现代人自由的则是为资本催化的欲望、脆弱的信仰与存在的虚无，豹最终在困境中越陷越深，以精神溃败而告终：“强韧的脚步迈着柔软的步容/步容在这极小的圈中旋转/仿佛力之舞围绕着一个中心/在中心一个伟大的意志昏眩。”而现代人的精神“监禁”又该如何解除?

里尔克的目光转向了上帝。繁盛充实的夏天已经逝去，孤寂萧条的秋日即将来临，秋天的万物难以逃脱被收割的命运，正如现代人无力摆脱的孤独阴影。诗人虔诚祈祷着神祇的救赎，但自尼采（1844—1900）惊呼“上帝死了”之后，西方社会那曾经牢不可破的宗教信仰，就受到了广泛的质疑。神的偶像在黄昏中被打碎，没有了上帝的庇护，现代人又该何处安顿绝望的灵魂呢？

在里尔克看来，能与上帝一样，指引人摆脱精神迷茫的，也就只有艺术了。《秋日》的第二段，以美酒的酿造为喻，道尽了艺术创造的甘苦：

让最后的果实长得丰满，
再给它们两天南方的气候，
迫使它们成熟，
把最后的甘甜酿入浓酒。

美酒的酝酿需要自然果实的成熟和南方气候的催化，艺术的创造同样离不开对生活素材的开掘，和对现代人精神困境的沉思。也正是在巴黎追随罗丹期间，里尔克提出了著名的“物诗”概念：摈弃主观浮华的抒情，转向对客观之物的洞察，因为只有物是真实纯粹的存在。“物诗”概念的提出，既受到了罗丹雕塑艺术的影响，也是诗人对自身精神危机的艺术救赎。里尔克自己曾说，他是从“出于恐惧做物”，结合《豹》诗的分析，我们认为，他所指的恐惧，正是来源于对生命价值和存在意义的怀疑，来源于对时代普遍性精神痛苦的深刻体验。

美国哲学家马泰·卡林内斯库曾指出，现代性的核心，体现在两套价值观不可调和的冲突：一是资本主义文明客观化的可测量的时间；第二也就是自我展开所创造的私人时间。对于里尔克来说，他显然希望通过艺术创造的私人“时间”，通过审美现代性的发现，来抵御社会现代性的滚滚洪流。但正如诗人自己所洞察到的那样，艺术品蕴含着无限的孤独，创造艺术品的艺术家，也就难以摆脱孤独的宿命。《秋日》的最后一节，宣告了诗人对这种永久精神孤独的预见：

谁这时没有房屋，就不必建筑，
谁这时孤独，就永远孤独，
就醒着，读着，写着长信，
在林荫道上来回
不安地游荡，当着落叶纷飞

自然的盛衰，交织着人生的孤独体验，诗人渴望着某种孤独时刻的来临，但内心却又充满了对绝对孤独的惶恐。孤独可以给人以美的创造的启示，可终究有一种深深的失落："在林荫道上来回不安地游荡，当着落叶纷飞。"

里尔克的伟大之处在于，他最终选择接受了这份精神创造的孤独，来抵御存在深处的虚无与绝望，正如梭罗说："孤独是最好的伴侣。"1903年2月17日，二十八岁的里尔克在写给青年诗人卜卡斯的第一封信里，郑重地指出："在你夜深最寂静的时刻问问自己：我必须写吗？你要在自身内挖掘一个深的答复。"更决绝的意志，则来源于他给一位伯爵献诗里的名言："有何胜利可言？挺住意味着一切？"远方的诗与现实"苟且"的"交战"，审美现代性对社会现代性绵延至今的精神反叛，处于有限时空中的人，对于无限丰盈的精神存在的渴盼……里尔克的这句名言，如同一束黑暗里的火焰，照亮了现代人审美和精神“突围”的征程。

前一章我们谈到了叶芝诗歌的接受，和叶芝一样，里尔克诗歌在中国现当代文艺史上的传播也是一个值得关注的现象。20世纪40年代和70—80年代，是里尔克诗歌在国内传播的高峰，而这两个时期，也正是中国现代文学、哲学最富创造活力的绚烂岁月。也就是说，作为20世纪最伟大的德语诗人，里尔克深度“介入”中国文艺的现代转型，甚至在许多诗人心目中有着“精神教父”般的意义。一个最直接的例证就是这首《秋日》，这首诗的汉译本有十三种之多，译者包括冯至、陈敬容、绿原、北岛等现代汉诗史上的著名诗人。学者吴晓东曾回忆，20世纪80年代的大学校园，每到宿舍熄灯时，学生们便敲着桌子喊道：“主啊，是时候了！”《秋日》一诗是如此深刻地影响了一代人的心灵，里尔克若听到这则轶事，也该为他所承担的孤独乃至悲剧的命运而欣慰了吧？

1925年，诗人的手指因被花园里的玫瑰刺伤而感染，随后被发现患了白血病。一年后，里尔克逝世，此时，随着资本主义经济危机的扩散，现代西方社会迎来了新一轮更为深刻的精神危机。而在远隔重洋的中国，里尔克的诗作引起了青年诗人冯至的共鸣，他一口气翻译了里尔克的十余封书简，并惊讶地发现，这些异域文字所透露的精神苦闷与艺术反抗绝望的勇气，正在中国现代诗人群体中“病毒”般扩散。现代性的“风暴”即将降临于这片古老的土地上了！

第四章 抒情传统与现代性（上）

世纪苦魂

丰富的痛苦

知性的诗想

春天的圆舞曲

《优雅》 徐维

世纪苦魂

屏却相思，近来知道都无益。
不成抛掷，梦里终相觅。
醒后楼台，与梦俱明灭。
西窗白，纷纷凉月，一院丁香雪。

——王国维《点绛唇·屏却相思》

1927年，中国的现代化进程迎来了新的历史拐点。这一年，发生了若干影响未来历史走向的大事件：北伐战争节节胜利，旧军阀统治体系全面崩溃，而在上海和武汉，残酷的政治清洗又拉开了新的血腥帷幕，中共五大在武汉召开，八七会议又有了工农武装割据的新主张，毛泽东先生参观黄鹤楼后填词《菩萨蛮·黄鹤楼》："茫茫九派流中国，沉沉一线穿南北。烟雨莽苍苍，龟蛇锁大江。　黄鹤知何去，剩有游人处。把酒酹滔滔，心潮逐浪高。"要与"绿林好汉"交朋友去了……总之，这是宏大历史叙事里极其重要的一年，甚至具有某种杂糅着悲剧色彩的史诗气质，而你一定想不到，我们对1927年的描述，竟是从一种叫作丁香的植物开始的。

“四月是最残忍的一个月/荒地上长着丁香/把回忆和欲望参合在一起/又让春雨催促那些迟钝的根芽。”美国现代派诗人艾略特（1888—1965）曾在其名作《荒原》中以“丁香”为象征，表达了一战之后，西方社会对病态现代文明的绝望与反思。而在中国的文化传统中，“丁香”一直是高洁之美的化身，常常也被寄予离恨的怅惘。李商隐《代赠》诗云：“芭蕉不展丁香结，同向春风各自愁。”韦骧《洛阳春·丁香花》词里也说：“冷艳幽香奇葩，粉金裁雪。”古典诗人甚至在长期的文化积淀中形成了所谓的“丁香情结”，这种独特的抒情文化记忆，在晚清以来，中国社会进入“三千年未有之大变局”之后，仍在让许多人心头挥之不去。

1927年夏天，诗人戴望舒（1905—1950）创作的《雨巷》，就是以浓郁“丁香情结”贯穿全诗的。“我”彷徨在“悠长，悠长又寂寥的雨巷”，希望“飘过一个/丁香一样的结着愁怨的姑娘”，她是有“丁香一样的颜色/丁香一样的芬芳/丁香一样的忧愁/在雨中哀怨/哀怨又彷徨”。在1927年这样一个风云激荡的年代，戴望舒却将笔触伸向了现代人内心最敏感脆弱的孤寂，散发着一丝与时代气质格格不入的忧郁。这当然和诗人曾因投身革命而被捕的经历有关，但何尝不是古典文学抒情传统在现代中国潜移默化式地延展？这样个人化的、洋溢着浓郁主观主义色彩的情感书写，在1927年的夏天达到了一个高峰。

清华园里，文学教授朱自清（1898—1948）走过月下的荷塘，澄净的月色，田田的红莲，一种莫名的哀愁正扑面而来，这篇叫作《荷塘月色》的著名散文，开头一句，就道破了大时代动荡中现代文人们的彷徨迷乱：“这几天心里颇不宁静。”后面的赏荷与恋乡，正在对古典文化的追忆里，试图竭力抚平这种由激烈社会现代化所带来的内心躁动。而就在朱自清写作《荷塘月色》的前一个月，1927年6月2日，清华大学国学研究院导师王国维（1877—1927）自沉于颐和园昆明湖。

王国维之死，极大震撼了苦闷已久的知识界，甚至成为中国现代文化的一个符号性事件。从后世史家对王国维自杀动机的推测来看，晚年的他，已尽显心力交瘁之态：世俗生活方面，与多年至交罗振玉反目，甚至被罗逼债；政治上，冯玉祥北京政变，将清废帝溥仪驱逐出宫的举动，严重伤害了王国维这样的清廷“遗老”的情感……

更重要的，是文化上的转向。从日本回国后，他突然转入较为深僻的古典学术研究，那颗曾经勃发的诗心，渐渐为浓郁的学究气息所取代。一个耽于思考、刻板而少生趣、形容枯槁的旧式学者，这竟然构成了不少人对王国维的全部印象。而事实上，在近代文学特别是诗词史上，王国维都是少数“拿得出手”的大家，他也曾经和年轻的戴望舒一样，寄情于绵延悠久的“丁香情结”。

这首写于1905年的悼念亡妻之作《点绛唇》，首句“屏却相思，近来知道都无益”，直从李商隐《无题》词“直道相思了无益”化出，“近来”才决意摈弃相思，可见思念之深。但如此深情，又怎能真的轻易抛却呢？梦中寻觅，只见楼台深锁，亦真亦幻，醒来却见西窗外，一片洁白，溶溶凉月，照在满院洁白的丁香上，这何尝不是“我”的惆怅？“纷纷凉月”句化杜甫“絺衣挂萝薜，凉月白纷纷”，又以月下丁香衬托人的孤寂，创造了一种幽梦难寻，缥缈恍惚的意境，达到了“物我两忘”的抒情极致。王国维的这首词，也被文学史家誉为近代诗词小令中的“极则”。

王国维一生寄情于词，他在日本期间，借西方文艺批评方法，窥古典文艺诗心，而立之年写出了《人间词话》；他自己的诗词创作，又以小令为最多，还曾自矜自己的成就不让清代著名词人纳兰性德，在托名樊志厚为《人间词话》所作的序言中，他更是直陈，自己所追慕的，是李煜、冯延巳、欧阳修、秦观的婉约一脉。

熟悉中国文学史的人都知道，与唐诗的开阔气象相比，宋词的审美趣味总体偏于“狭新而纤美”，更适合于表达离愁别绪，尤其是婉约派小令，几乎就是古典抒情文学的浓缩结晶。王国维是近代学人中，第一批系统研习、译介西方哲学文化的大家，可无论是借叔本华阐释《红楼梦》的悲剧艺术，用文化人类学视角解读屈子文学之精神，都只是一种外来文化的投射而已，投射与凝结在跨文化批评实践中的，最终还是以小令为代表的古典抒情文艺底色。

余虹论中国文学现代性的两条路径：一是以王国维为代表，以纯文艺的审美和艺术自主为律令，接近于上章我们分析过的西方审美现代性；二是以梁启超为代表，走政治化的工具论主张，更倾向于西方的启蒙现代性。遗憾的是，这两条路最终都未能走通。梁启超的“小说革命”，固然未能唤醒民智、启迪民心，王国维以传统抒情文艺构建的审美“乌托邦”就更加脆弱得不堪一击。他晚年从多姿多情的文学之“美”，走向枯涩寂寞的学术之“真”，即是对抒情传统的遗憾割舍：似乎没有什么可以阻挡中国的现代化进程，古典文化也成了现代化改造的一部分，连那寄托着“丁香情结”的诗心都只能枯竭而死，现代中国文人的精神家园又究竟在哪里呢？

我们认为，正是对文化精神坐标的寻觅，构成了1927年戴望舒、朱自清等人抒情化书写的真实动因。王国维虽然没有在这一年留下实际的文学作品，但他在昆明湖里以死亡形式激起的波澜，却成为此一文化寻觅乃至中国文学现代性最悲情的注脚，它不断提醒着我们：在任何一个时代，对于诗性审美智慧的追寻，都不可能是轻易的，有时甚至意味着沉重的精神担当，正如陈寅恪在《清华大学王观堂先生挽词并序》所说：“凡一种文化值衰落之时，为此文化所化之人，必感苦痛，其表现此文化之程量愈宏，则其受之苦痛愈甚；迨既达极深之度，殆非出于自杀无以求一己之心安而义尽也。”“先生之学说，或有时而可商。惟此独立之精神，自由之思想，历千万祀，与天壤而同久，共三光而永光。”

在主张“文化自信”的当下，文学审美的现代性确须启蒙了。

丰富的痛苦

哇的一声，夜游的恶鸟飞过了。

——鲁迅（1881—1936）《野草·秋夜》

1927年，《野草》出版，鲁迅对于这部散文诗集是颇为看重的，他曾对朋友说：“我的哲学，都在《野草》里了。”在给萧军的信里更罕见地自矜道：“我的那本《野草》技术不算坏。”然而，与《呐喊》《彷徨》所收获的赞誉不同，当时的评论界，对《野草》的艺术价值评价并不高，甚至指责它“冷气逼人”“没有现代意味，不能代表现代”等等。

客观地说，《野草》的“遇冷”，既是革命年代文人话语权力斗争的结果，也与它“高冷”的语言风格和审美趣味有关。“当我沉默着的时候，我觉得充实；我将开口，同时感到空虚”“我将向黑暗里彷徨于无地”“于浩歌狂热之际中寒，于天上看见深渊。于一切眼中看见无所有，于无所希望中得救”……矛盾的修辞策略，缠绕难解的语意，《野草》独特的文本呈现，莫说是在现代文学发展初期的20世纪20年代，就算到了今天，也常常给人晦涩沉滞之感。有人就曾质疑，按照现代汉语的语法逻辑，《秋夜》一章的开头，几乎就是语义啰唆、重复的病句：“在我的后院，可以看见墙外有两株树，一株是枣树，还有一株也是枣树。”

鲁迅是现代文学史上少数具有“文本自觉”意识的作家，《野草》蕴含的艺术先锋性，当然不是简单明晰的语法逻辑分析所能涵盖的。但我们对《野草》的理解——通过这一文本，抵达鲁迅丰富幽微的心灵世界，却仍须从最基本的语言入手。

20世纪西方人文社会科学有一个重要的趋向，就是语言学的转向。正如海德格尔所说，“语言是人类生存的家园”，我们对语言的理解不应局限于语言学的角度，而要将它作为重要的文化和生存现象来思考。也就是说，《野草》中频频出现的矛盾性修辞，它展现出了一种言说的困境，而言说的困境，也就是生存的困境——《野草》是鲁迅最无遮蔽的灵魂独白，而写作《野草》时的鲁迅，正经历着生命中最绝望的精神危机，《野草》“是我碰了许多钉子之后写出来的”。

这种生存困境的形成，原因是多方面的。20世纪20年代，中国的现代化进程以革命之名义大阔步地推进，又随着一系列政治事件的发酵，骤然停顿。纵横捭阖的起落间，个人命运难免动荡不安。鲁迅和一般进步文艺人士组成的“《新青年》的团伙散掉了，有的高升，有的隐退，有的前进”，他自己则“落得个作家的头衔，依然在沙漠中走来走去”。1925年他在

《题〈彷徨〉》一诗中曾含蓄描述这种内心的失落与孤独："寂寞新文苑，平安旧战场。两间余一卒，荷戟独彷徨。"而到了1927年《野草》出版时，这种消极颓唐的情绪已经变得十分浓烈了："我靠了石栏远眺，听得见自己的心音，四远仿佛有无量悲哀，苦恼，零落，死灰，都杂入这寂静中，使它变成药酒，加色，加味，加香。这时，我曾经想要写，但是不能写，无从写。"

明确这种生存的困境，对我们理解《野草》特别是像《秋夜》这样的忧郁篇章，是十分必要的。因为只有一个身处如此沉重生存困境、心情极端压抑寂寞的人，才有可能对墙外两株重复的枣树念念不忘。更重要的是，"我"和枣树之间是隔着一堵墙的，如果考虑到《野草》全篇鲜明的隐喻风格，这堵墙就可以理解为"心墙"，是一种被禁锢的象征，"我"在压抑的心境下隔墙看着枣树，这何尝没有一丝温情的精神求援意味？更大胆的追问则是，当"我"看到枣树，看到它的干"默默地铁似的直刺着奇怪而高的天空"，以及"一无所有的枝叶"，"我"是不是也看到了自己同样受伤的灵魂呢？又或者说，枣树就是"我"的象征？

在《秋夜》里，凡美好的事物，如枣树、野草都被赋予了哀伤的命运。枣树的生长，为"奇怪而高"的天空所遮蔽，粉红色的花呢，则被冷的空气"冻得红惨惨"的，瑟缩着做梦。杜甫说"感时花溅泪，恨别鸟惊心"，这凝结投射于植物之上的压抑心绪，在"我"心里不断郁积，终于把"我"逼到了精神崩溃的边缘：

我忽而听到夜半的笑声，吃吃地，似乎不愿意惊动睡着的人，然而四围的空气都应和着笑。夜半，没有别的人，我即刻听出这声音就在我嘴里，我也即刻被这笑声所驱逐，回进自己的房。灯火的带子也即刻被我旋高。

这里的我，已经呈现出自我分裂的倾向，正如墙外的枣树有重复的两棵。“我”在极端的苦闷孤独中失神地梦呓着，甚至从忧郁演变成精神分裂患者。那么，唤醒“我”分裂意识的奇怪笑声究竟来自哪里呢?

“秋夜的窗外，哇的一声，夜游的恶鸟飞过了。”

正是这凌厉、生猛的叫声刺激了“我”，而这只“夜游的恶鸟”代表着什么？就是现代性之恶！

早在给徐志摩的信里，鲁迅就曾讽刺他那种迷惘的情调：“哪儿会有这样一声的恶笑，只要哇的一声，整个世界都会被它震倒。”他显然期待着更强有力的艺术发声。早年的鲁迅曾强烈推崇“摩罗诗力”，钦服拜伦式的“狂放抒情”，而正如欧洲文学史家所指出的那样，拜伦的抒情里已经潜伏着一种魔鬼般的放荡气息，这种放荡的精神底色又为波德莱尔等现代诗人们所继承。

到了《野草》时期，唯美主义的倾向、主观主义的情感流露，特别是对于绝望、颓放梦呓、虚无等消极情绪的大量书写，意味着鲁迅敏锐地捕捉到了现代人内心深处的极端分裂与黑暗，并努力以一种先锋的文本实验，和西方现代主义文学接轨。《墓碣文》里，鲁迅甚至大胆地以死尸入诗：“即从大阙口中，窥见死尸，胸腹俱破，中无心肝。”这已然回荡着波德莱尔《恶之花》的余音了。

过去的文学史，经常提到鲁迅对于民族性、国民人格等的无情批判与解剖，其实，这只是鲁迅的一个侧面而已。鲁迅的另一幅忧郁面孔则潜藏在《野草》这样的另类文本里。20世纪中国社会的现代化，特别是高涨的革命热情，很容易让人产生盲目的乐观，相信线性进步，鼓吹主体对客观世界的无限征服，却忽略人的消极情绪，甚至刻意回避人性可能的脆弱、绝望与黑暗。

20世纪20年代，鲁迅在遭遇生存困境的时刻，并没有盲从启蒙社会性的时代洪流，他以异常决绝的勇气，转向对个体精神世界的黑暗探索，一部《野草》，更像一部“失败者之书”，让一个被社会现代性所压迫的消极主体发声，并将这些消极的情绪元素以精致的文本建构和抒情方式升华为一种现代性的诗意，缔造了现代汉语书写一种新的美学原则。李泽厚说鲁迅才是真正的伟大和深刻：“比较起胡适和陈独秀以及其他五四时期的风云人物来，鲁迅是完全不同的人物。和陈独秀一样，鲁迅参加过辛亥革命；和胡适一样，鲁迅搞过专门的学术研究，但是他仍然迥然不同于他们。在中国近代思想史上，只有他才是真正深刻的。他在发掘古典传统和现代心灵的惊人深度上，几乎前无古人，后少来者。”“鲁迅对世界的荒谬、怪诞、阴冷感，对死和生的强烈感受是那样的锐敏和深刻，不仅使鲁迅在创作和欣赏的文艺特色和审美兴味（例如对绘画）

上，有着明显的现代特征，既不同于郭沫若那种肤浅叫喊自我扩张的浪漫主义，也不同于茅盾那种刻意描绘却同样肤浅的写实主义，而且也使鲁迅终其一生的孤独和悲凉具有形而上学的哲理意味。”“鲁迅与陈、胡迥然不同。鲁迅是深沉锐敏的文学家和思想家。他的思想充满了爱憎强烈的情感色彩和活生生的现实气息，他的情感充满了思想的力量和哲理的深意。他的作品比起陈、胡来，显然具有远为强大长久的生命力。陈、胡的思想和作品（包括思想的、政治的、文艺的和学术的），在今天已基本过时而不需重读了，但鲁迅却至今仍可以激动着人们。‘前不见古人，后不见来者’，鲁迅的孤独、悲凉的人生境界也是超越和伟大的。”

遗憾的是，我们的文学对于消极主体的诗意审美辨认，迄今仍未能完成。钱杏邨抨击《野草》“说明人类的恶鬼与野兽化”，“引着青年走向死灭的道上”。鲁迅自己也说：“我的作品，太黑暗了”，“大半是废弛的地狱边沿的惨白色的小花”。此后，鲁迅的笔下，再也没有出现精神分裂者、地狱、死亡这样富有现代主义色彩的奇崛荒诞的意象，相反，在《野草》的若干篇什里，他还努力为虚妄的世界增添着乌托邦式的梦幻。《好的故事》中，他在“昏沉的夜”里，不断追慕着故乡绍兴山阴道上的美景：“水中的青天的底子，一切事物统在上面交错，织成一篇，永是生动，永是展示，我看不见这一篇的结束。”

作为一名清醒、冷峻的现代主义者，他当然知道，这样的抒情，只是旧时代的挽歌罢了，也知道同样是写梦，故乡的残梦，远不如《死火》篇里的梦境更契合现代人的孤绝，更加震撼人心："我梦见自己在冰山间奔驰。"但他仍试图抓住"几点霓虹色的碎影"，以慰藉青年读者对于"希望"的期待。

"我只得由我来肉薄这空虚中的暗夜"，以一人之身，肩荷起现代文化转型的铁闸，这是鲁迅的可敬之处，也未尝不是他的悲哀与无奈。20世纪中国的现代化，是以社会现代性为终究价值追求的，鲁迅虽然洞察到了被现代性遮蔽的消极主体，但最终仍放弃了彻底的现代主义立场，转向启蒙导师的身份。20世纪30年代，他大量的杂文书写，即是从审美现代性转向现实主义美学的确证。

《野草》是中国现代主义文学真正的奠基之作，也是抒情传统与现代性书写完美结合的典范。可惜的是，由《野草》开辟的现代诗学路径，随着鲁迅本人美学取向的"改弦易辙"，很快就遭遇了中断。直到20世纪40年代，中国诗人对于审美现代的诗意发现再重新开始，然而，天地玄黄之际，那样"奢侈"的诗意辨识，也终究是又一次的昙花乍现罢了。

知性的诗想

想独上高楼读一遍《罗马衰亡史》，
忽有罗马灭亡星出现在报上。
报纸落。地图开，因想起远人的嘱咐。
寄来的风景也暮色苍茫了。
（醒来天欲暮，无聊，一访友人吧。）
灰色的天。灰色的海。灰色的路。
哪儿了？我又不会向灯下验一把土。
忽听得一千重门外有自己的名字。
好累呵！我的盆舟没有人戏弄吗？
友人带来了雪意和五点钟。

——卞之琳（1910—2000）《距离的组织》

1934年12月26的《大公报》刊登了一则有关彗星的消息："近两日内，该星异常光明，估计约距地球一千五百光年，故其爆发而致突然灿烂，当远在罗马帝国倾覆之时，直至今日，其光始传至地球云。"这则新闻，引起了诗人卞之琳的浓厚兴趣，并激发他创作出了这首《距离的组织》。

在现代诗中，卞之琳的诗素以含蓄难解著称。"你站在桥上看风景，看风景的人在楼上看你。明月装饰了你的窗子，你装饰了别人的梦。"流传甚广的《断章》，精致的语言结构仿佛蕴藏着无限的深意，但你却又难以完全说清这些含义。这首《距离的组织》同样给人以类似的阅读困惑：跳跃的思维、含混的指向、断裂的语意……传统的阅读经验，在卞之琳精心构筑的语言迷宫里，似乎完全失效了。

这里的"关壳"在于，中国古典诗歌一直主"情"，所谓"诗缘情而绮靡"，诗情是我们欣赏古典诗的"不二法门"。而以卞之琳为代表的一批现代诗人，却在20世纪30年代，转向了"知性写作"的路径，从对"诗情"的吟唱，逐渐过渡为"诗思"的玄想。报告文学《哥德巴赫猜想》的作者，也是著名现代派诗人的徐迟，甚至在30年代末提出了"抒情的放逐"，就是想将那种纯然的感情流露，从现代诗的"理想国"里驱除出去。以感性的"诗情"的角度来看，《距离的组织》因缺乏明确的感情线索，自然是一团混沌，而若以较为缜密、知性的"诗思"入手索解诗意，这首诗就别有一番意趣了。

全诗所写的，乃是一个"午梦"。"我"在下午看报，读到罗马帝国灭亡星出现的消息，报纸落地，"我"睡着了，梦里似乎打开了罗马帝国的“古地图”，还想起远方友人寄来的明信片，那上面的风景，是一片苍茫的暮色。“我”看到“灰色的天，灰色的海，灰色的路”，“又不会向灯下验一把土”。这里的“灯下验土”，诗人有一段原注，《大公报》的《史地周刊》曾记载《王同春开发河套》的讯息，里面提到王同春对河套地理地貌的熟识，在夜色笼罩的旷野，只需“抓一把土向灯一瞧就知道到了哪里”。“我”自然没有王同春的本事，就只好在灰而苍茫的梦里继续迷失，也不知走到了哪里。这时，“我”听到远处有人喊自己的名字，才从梦中惊醒。梦境昏沉，“我”觉得“好累呵”，却又恍惚觉得那并不是梦，这种亦真亦幻的感觉，不由想起《聊斋志异》里一段有关“盆舟”的典故：有个白莲教的师傅出门时将草编制的小舟放在水盆里，嘱咐门人不要乱动。门人因好奇戏弄了一下盆中草舟，将它打翻。师傅回来时，就责备门人，并告诉他，自己过海时翻了船。

“我的盆舟没有人戏弄吗”，“我”的梦境之深沉似真，不正像这则故事里说的，盆舟被施展了法术，在短时间内渡过了大海吗？“我”还在恍惚之际，友人来访，时间已是傍晚五点，天暮欲雪，窗外的景色，竟和梦中的风景，也就是远人寄来的明信片上的图景一样苍茫。

有意思的是，第五诗行里诗人吸收了西方戏剧里的结构艺术，呈现了一段友人的独白：“醒来天欲暮，无聊，一访友人吧。”“醒来天欲暮”一行在括弧里，表明独白这是另一人，也就是末行的那位“友人”。看来这位“友人”也和“我”一样，午后酣眠，直到暮色时分，百无聊赖，才想起拜访“我”，这也从侧面，见出自己直睡到“天欲暮”。两条时间线索交互，梦与真实融成一片，营造出了玄远缥缈的诗意。

这首诗，看似写凌乱的梦境，却以诗人的艺术联想为桥梁，将各种距离——时间的（从罗马帝国灭亡时爆发的星，到“我”在20世纪读英国人吉本的《罗马衰亡史》）、空间的（从浩瀚的宇宙到恍惚的梦境再到狭小的书房现实空间）有机融合在一起，精心组织于一场午后的梦。这里有历史兴亡，有人生如梦的空幻，有现代经验——报章新闻，天文观测；也有极富韵味的古典诗意：雪暮访友，盆舟戏弄。无限时空的扩展，丰盈诗意的充沛生长，甚至让人想起英国诗人布莱克《天真的暗示》里的哲思：“一颗沙里看出一个世界/一朵野花里一座天。”一个午后的梦，一首短小的诗，何尝不可以窥见宇宙诗心呢？

英国著名的“玄学诗派”曾主张，现代诗要将思想、感情和感觉融合成一体，而卞之琳熟悉的美国诗人艾略特、法国瓦雷里等人的诗歌，也多以哲思见长，因此卞之琳开拓的“知性诗思”风格，通常也就被简单归结为现代诗歌“西化”的结果。其实，中国古典诗歌虽主情，重感性，但也一直有一股知性的潜流。比如宋诗，就常以议论入诗，以日常生活的体悟为重要的表现对象，宋代哲学的高度发达，更是为宋诗注入了有别于唐诗气象的“理趣”，明人李梦阳就曾说：“宋人主理，作理语。诗何尝无理？若专作理语，何不作文而诗为耶？”而这种“理趣”，与卞之琳诗风转向后的艺术追求，显然有着更深的精神契合。

这种“复古”情结的判断，并非空穴来风。20世纪30年代，现代诗坛逐渐形成了一股现代派诗歌创作的艺术潮流，这一派的诗人，直呼要追求“纯粹的诗”，而古典诗歌传统成为他们十分重要的艺术资源。现代派诗人里如何其芳、戴望舒、废名等打起了“复古”的旗号，中晚唐诗人李商隐、温庭筠等人繁复绮丽的艺术风格，感伤浓烈的命运嗟叹，特别是以李商隐“无题诗”为代表的古典“朦胧诗”更是被竞相模仿。卞之琳的一些诗句，也难免濡染温、李的影子，像《半岛》里的“用窗帘藏却大海吧”，就截取了李商隐“沧海月明珠有泪”的意境，而《尺八》里那个“次朝在长安市的繁华里，独访取一枝凄凉的竹管”的惆怅番客，不正是晚唐诗篇里经常出现的抒情主人公吗？

这类用“感情写诗”的作品，单纯、真挚，但按赵萝蕤（著名现代诗人陈梦家的妻子、艾略特《荒原》的翻译者）的评价，“有时觉得分量不够，轻飘飘的”。现代人的心灵世界，特别是身处20世纪30年代激烈动荡的社会环境，远比晚唐的“乱世哀音”更加丰富和幽微。1935年以后，卞之琳以知性的风格，杂糅西方现代派技巧与宋诗散文化、理趣的古典传统，就是试图进一步拓展现代汉诗精神容量的一个例子。

回到这首《距离的组织》，尽管没有浓烈的感情直露，但我们依然不难体味到全诗的底色是“灰”的，无论是苍茫的暮景还是“友人”无聊的心绪，以及如真似幻的梦境营造，都幽微地折射出现代人虚空、迷离的精神状态。“我”在梦境里发出了这是“哪儿”的惊问，一种“梦里不知身是客”（李后主）的悲哀，已透过内敛的文字力量强劲地凝聚在了一起。朱自清先生甚至分析说，全诗的起句，“想独上高楼读一遍《罗马衰亡史》，忽有罗马灭亡星出现在报上”就已经委婉地道出了离乱的诗绪，“平常想着中国情形有点像罗马衰亡的时候，一般人都在醉生梦死地看报”。

那么，该如何抵御这种虚无的迷乱？诗中的“我”是接着“友人雪暮造访”的古典情趣来消解的，现实中的卞之琳则在大时代的震荡里苦心经营着自己的“雕虫世界”——他晚年曾给自己的诗选集取名《雕虫纪历》，在中国文化传统里，“雕虫”有轻视文学的意思，汉代的扬雄就说“雕虫小技，壮夫不为”。而卞之琳的“雕虫”自况，倒更接近于法国诗人戈蒂叶《珐琅与雕玉》序言里的话：“不管那狂风暴雨敲打我紧闭的窗户，我制作珐琅与雕玉。”

春天的圆舞曲

绿色的火焰在草上摇曳，
他渴求着拥抱你，花朵。
反抗着土地，花朵伸出来，
当暖风吹来烦恼，或者欢乐。
如果你是醒了，推开窗子，
看这满园的欲望多么美丽。
蓝天下，为永远的谜蛊惑着的
是我们二十岁的紧闭的肉体，
一如那泥土做成的鸟的歌，
你们被点燃，卷曲又卷曲，却无处归依。
呵，光，影，声，色，都已经赤裸，
痛苦着，等待伸入新的组合。

——穆旦《春》

· 名家检索 ·

穆旦（1918—1977），原名查良铮，祖籍浙江宁海。曾在清华大学外文系、西南联大学习，新中国成立后长期任教于天津南开大学。穆旦是中国现代诗歌史上杰出的诗人、翻译家和外国文学研究专家，他的作品深受奥登等国外现代派诗人的影响，着力表现和审视现代人丰富、焦灼、痛苦的内心世界，强调诗歌形象的现代生活化，语言富有现代感，极大推动了中国新诗的现代主义转化。文学史上通常将他与20世纪40年代崛起与成熟的诗人辛笛、陈敬容、郑敏、袁可嘉等人并称为“九叶派”诗人，主要代表作有《探险队》（1945）、《穆旦诗集（1939—1945）》（1947）、《旗》（1948）。其中，诗歌《赞美》《诗八首》《春》等堪称中国现代主义诗歌的名篇。

1942年的春天终于姗姗来到了。

窗外，草木蓬勃，花色秾艳，二十四岁的诗人，按捺不住内心的激动，提起笔来，一簇一簇肆意蔓延的绿草，如同一团团明丽的火焰，浮动在眼前。

“绿色的火焰在草上摇曳”，穆旦笔下的春天，乍一登场，就给人以新鲜、明亮的视觉冲击，仿佛一幅涂了重彩的油画，春草的绿意，生命的原色，要饱满得溢出来似的。我们还记得，古典诗人最初的歌吟，正起兴于春天，《诗经·周南》：“桃之夭夭，灼灼其华。”（古人“逃之夭夭”成语也源于此诗）伴随着这一抹明艳的桃红，中国诗人的笔下始终涌动着一股澎湃的春意，其中，草和野火，更是成为古典诗歌最常见的春天意象。唐代大诗人白居易就曾在他的成名作《赋得古原草送别》里写道："野火烧不尽，春风吹又生。"

古老的春天，在现代诗人那里，又被赋予了新的内涵。鲁迅的散文诗集《野草》，开篇就将野草和火焰组合在了一起："地火地下运行，奔突；熔岩一旦喷出，将烧尽一切野草，以及乔木，于是并且无可腐朽。"作者以摧枯拉朽的笔力，强烈地渴盼着与腐朽旧时代的告别，熔铸一个新的春天。在本章第二节里，我们曾说道，《野草》是中国现代主义诗学的奠基之作，而野草和火，正是凝结着现代意识的代表性意象。

到了20世纪40年代，穆旦接过了鲁迅的薪火，将中国诗歌对于现代性体验的书写，提升到了一个更加成熟的水平。如绿色火焰般的春草渴求着美丽花朵的拥抱，花朵则反抗着古老而坚硬的土地，想要向世界展示她的美丽，张扬她的活力。

与自然景物在春天里复苏相一致的，是人欲望的觉醒。微醺的暖风，撩拨着诗人的春思和春情，他如此渴望着春天的来临，却因担心又无法实现种种渴念而感到烦恼。这种欲说还休、欲拒还迎的惆怅折磨着他，煎熬着他，但一个新的时代毕竟已经来临，他最终勇敢地推开了窗，"看这满园的欲望多么美丽"。

穆旦诗中的欲望，是健康自然的生命萌动，是性的冲动、美的渴求。但即使是如此美好的欲望，在中国文学的书写传统里，也一直是蛰伏而被压抑着的，即使获得表达，也只能是含蓄委婉的曲径通幽。

这种克制、隐忍的书写传统，在明中叶浪漫主义文艺的持续冲击下，终于获得了新的突破。其中，最具先锋色彩的艺术探索，就是前面章节写的汤显祖《牡丹亭》里的“游园惊梦”。杜丽娘偶然的寻春，发现了自家后花园姹紫嫣红的春景，也唤醒了她蛰伏多年的少女情欲和生命冲动。近年来，有的文史专家提出，早在明代中期，古典中国的社会经济结构里，就已经包含着现代化质变的可能，在文化上，则是追求情欲和个性解放的潮流暗自涌荡，有一种“被压抑的现代性”。而“游园惊梦”，正是对现代性最刻骨铭心的朦胧“初体验”。

回到穆旦的这首诗，诗人对“满园美丽的欲望”的“发现”，何尝没有杜丽娘“游园惊梦”情结的影子？当然，时间已经到了20世纪40年代，中国的现代化已经初具气象，文化上也正经历着深刻的现代转型，诗人对春天和“欲望”的书写，已经完全没有杜丽娘时期的青涩与迷离，更像是一篇大胆的现代宣言：我们二十岁肉体和灵魂，曾经因被压抑而紧闭，生命的欲望是未解的青春的谜。而如今，我们已经觉醒，“一如那泥土做成的鸟的歌”，鸟儿在天空自由吟唱，而这诗意行吟的根基，仍在于鲜活的泥土，在于大地。

写到这里，全诗似乎可以戛然而止了，正如20世纪二三十年代喷涌而出的众多滥情诗篇一样。但情感的宣泄，只是粗糙的伪浪漫主义文艺的标志，矛盾的紧张、丰富的痛苦才是现代主义文学的深刻之处。穆旦的这首《春》，之所以被归结到现代主义诗歌的行列，就在于写的不仅是春之觉醒，还有春之等待。年轻的“我们”发现了美丽的欲望，发现了一个新鲜而自由的世界，但这被憧憬的世界，它的现实归宿又在哪里呢？

“你们被点燃，卷曲又卷曲，却无处归依。”这句诗，几乎可以成为现代青年苦苦寻觅精神家园的写照。现代人的欲望固然已经获得了释放，可心灵的安顿却远没有那么容易实现。20世纪40年代的中国依旧动荡，民族战争与社会革命正日趋激烈，一切都充满着希望，可一切希望却又带着几分绝望。更重要的，是现代文化的转型仍举步蹒跚。片刻的觉醒是快乐的，可等待一个新的世界，一种新的现代社会和文化结构的形成，却是漫长的。

“呵，光，影，声，色，都已经赤裸，痛苦着，等待伸入新的组合。”这已经不是热情洋溢的春天宣言了，更像是一则含义颇深的历史寓言：自然的花木渴望着春天的到来，年轻的“我们”更满怀着对新世界的憧憬，等待着历史文化意义上的新春天，但要抵达这样的春天，“我们”注定将经历更加痛苦的精神嬗变。

“路虽遥远，行则将至”，关键在“行”，在“启蒙”……

第五章

抒情传统与现代性（下）

抽象的抒情

流莺春梦

纯诗的礼赞

寻根的浮萍

《秋艳时分》 徐维

抽象的抒情

似乎有个人随同月光轻轻地进到房中，站在我身后边，“为什么这样自苦？究竟算什么？”我勉强笑，眼睛湿了，并不回过头去，“我在写《青凤》，要她在我笔下复活。”

——沈从文 《看虹录》

·名家检索·

沈从文（1902—1988），原名沈岳焕，湖南凤凰人，中国现代著名作家、历史文物研究专家。沈从文曾投身行伍，后到北京，致力于文学创作。曾任教于中国公学、青岛大学、西南联大，1946年回到北京大学任教，新中国成立后在中国历史博物馆和中国社会科学院历史研究所工作，主要从事中国古代历史与文物的研究。沈从文是“京派文学”的代表作家，主要代表性作品有小说《边城》《长河》《看虹录》，散文集《湘行散记》等，其独特的语言风格和艺术探索对中国现代文学影响深远。1987年，曾入围诺贝尔文学奖候选人，而沈从文于1988年去世，因而未能得到诺贝尔文学奖。

我国文艺素来以诗为艺术表现的最高境界，举凡戏文曲艺，书画雕刻，无不着力于诗意的营造，就连小说这样的叙述艺术，也浸润和濡染着独特的诗化抒情气质。以清代小说为例，短篇如《聊斋志异》，写人狐之恋，极尽浪漫想象之瑰丽；巨制如《红楼梦》，“金陵十二钗”的群像宛如一首青春的诗，在梦幻绚丽中走向悲剧的毁灭。

到了现代，区别于欧洲现实主义小说烈火烹油、鲜花着锦般繁丽的城市书写，中国作家们似乎更愿“蜷居”于乡土故里的窄小天地，经营一番诗意的笔墨。在现代文学的地理版图上，既有鲁迅、郁达夫们所怀念的略显阴郁的江南，也有萧红笔下朴拙凌厉的北方平原，还有一个风情淳真的现代“桃花源”——湘西。

从20世纪30年代起，作家沈从文连续发表了小说《边城》、散文《湘西散记》等田园牧歌式的作品。这些作品，大多以二三十年代的湘西农村为背景，没有曲折的故事，没有无病呻吟的滥情，冲淡清新的笔法，宛如一轴风俗画卷，徐徐展开。这画卷的中心，是以《边城》里的翠翠为代表的湘西女子。她们的少女时代，在“触目为青山绿水”的风日里长养着，“为人天真活泼，处处俨然如一只小兽物”，然而也怀揣着烟云般缥缈的心事。她们羞涩的爱情自然是美的，值得那青年男子夜夜在水吊楼前歌唱，哪怕为生计所迫，“即或娼妓，品行无不十分善良”。沈从文笔下的湘西，晶莹如一片美玉：流水的歌、静默的油坊、黄昏里的渡船、大把柔软生长的虎耳草，还有被高度净化的种种情欲……在30年代激烈动荡的社会环境下，还能有这样洗却人间烟火的明净笔墨，有这样一方可抚去人累累伤痕的诗性审美天地，这不能不说是中国文学抒情传统对抗坚硬现实的一种短暂胜利吧？

沈从文是湘西的一张文化名片，而湘西，却远非沈从文审美“探险”的全部。40年代中期，沈从文深刻地预见到了蛰伏于中国现代化进程中的精神文化危机，所谓的社会现代化，“完全建立在少数人的霸道无知和多数人的迁就虚伪上面，政治、哲学、美术，背后都给一个市侩的人生观的推行”，他认为，这是一个“神的解体”的时代，滔滔浊世，已放不下那座以湘西为代表、美好而健康的“人性小庙”，只能往生命的内部开掘，用一种更加抽象的现代艺术表现形式，“将无形无质的情感变为一种有分量的东西”，来唤起“美和爱的新的宗教”。

发表于1943年的小说《看虹录》，正是这种抽象抒情的美学理念的结晶。小说写的是一个梦境，“我”——一个具有作家身份的男子，在雪夜的迷梦里，去拜访一位绝世美丽的女子，并与她倾谈。女子阅读了“我”的创作——一则有关男子雪夜捕鹿的故事，“我”则不断隐忍压抑着自己的情欲，在种种想象中“阅读”着女子极富东方古典美的身体，直到回到现实，才发现，那种表现抽象的美的生命形式已经消失。

乍看起来，这篇小说的艺术形式是非常现代的。《边城》时期的沈从文，虽冲淡了情节性的描述，但仍有散文化的遗痕，少女翠翠爱情悲剧的线索还依稀可寻。到了《看虹录》，则完全摈弃了外在故事的叙事，直接以“我”的心理想象和变化为主线了。这里明显受到了西方小说中意识流手法的影响，但“欧化”的技巧只是表象，其文的内核，仍回荡中国古典美学的抒情韵律。

从时间上看，“我”与女子会面之期，乃是一个微雪飘零的静夜，联想起《世说新语》有关雪夜访友的记叙，这无疑是一个饶有古典意味的时令。我们倾心畅谈的地方呢？近窗边，是朱红漆，下垂的窗帘是浅棕色，绘有粉彩花马，甚至一件普通的碟子，都是秋叶的形状，其空间营造与设色铺陈，几乎就是中国建筑和园林艺术的浓缩。端坐于这“离奇的孤寂境界”的女子，发鬓蓬松，贴绣蓝花，身披绿萝夹衫，手指长而柔美，典型的古典美人形象。至于“我”呈给美人阅读的故事，雪夜捕鹿的意象，鹿蹄的轻快打破了雪夜的静谧，这不是王维的诗和倪云林的画所“泄露”的禅韵吗？

总之，雪夜的一切：时间的、空间的、物质的、精神的，身体的、灵魂的，无不围绕着一个诗的境界在组合、旋转、飞扬着。正如“我”从女子如诗的身体读到的，是精美的瓷器，“温润而莹洁”，是元人的素景，“整齐而细柔”，是一尊希腊精美的艺术仿制品，“贯注着神的意志与庄严的情感”！

雪夜的邂逅，于“我”，更像是一番“美的历程”，“我”为这美所感动，决心“用自己对于生命所理解的方式，凝结成为语言与形象，创造出一个生命和灵魂的新的范本”。小说的结尾，“我”回到现实，发誓要让“《聊斋》上那个青凤，在笔下复活”，这何尝不是对中国古典抒情美学传统的一种致敬呢？

写作《看虹录》时期的沈从文，正陷入与女作家高青子隐秘的婚外恋情中，这篇小说的情节设定和晦涩笔意，难免有现实心绪的投射，但这并不是沈从文最重要的创作动机——在小说的题词中，他已经明确，这一实验性的文体探索，意在表现“一个人二十四点钟生命的一种形式”。“神在我们生命里”，在宗教之神已经解体的现代，沈从文曾反复提到北京大学教授蔡元培在民国初年的主张：“以美育代替宗教。”而凝结于抽象艺术形式之上的抒情，正是他寻找诗性智慧和神祇“灵晕”最重要的图景。

遗憾的是，和王国维、蔡元培一样，沈从文的这一审美努力，只能如他小说里所写，换来一声轻轻的叹息。1948年，郭沫若发表《斥反动文艺》一文，炮轰沈从文是“奴才主义者，是一个地主阶级的弄臣”和“桃红色的作家”，罪证之一，竟是《看虹录》里对于女性身体美学的表述。以此文为起点，一场对沈从文的批判很快在历史转折的重要节点猛烈铺开。1949年3月28日，精神崩溃的沈从文在北京大学宿舍自杀，他以剃刀割腕、割喉，还喝了煤油，求死意志十分强烈。他在自杀前曾写道：“幻灭，不能擅用。即使做成一个真正悲剧的结束，混乱而失章次。如一座虹桥，被新的阵雨所击毁，只留下幻光散映于荷珠间。”大时代的风云动荡中，竟容不下一页《看虹录》，抽象抒情的世界，也就如雨后虹桥的霓姿，梦幻消散。

当然，沈从文最终自杀未遂。但他的文学生命却就此终结。1949年7月，中华全国文艺工作者代表大会在北京召开，这是新中国成立之前最有象征意义的文化会议，沈从文缺席。1953年，他接到了开明书店的通知，过去出版的各种书籍版型，已没有存在必要，被全部销毁。从此，这个曾许愿让“《聊斋》上那个青凤，在笔下复活”的现代作家，再也没有机会创作出新的文学作品，只能在晚年转向了古代服饰和文物的研究。

1961年，沈从文曾借撰写《中国古代服饰史》这一政治任务的机会，鼓足勇气偷偷撰写过一篇文学论文，却成为专案组的清查材料，生前始终未能发表。这篇论文的题目叫《抽象与抒情》。沈从文再次重申：“生命在发展中，变化是常态，矛盾是常态，毁灭是常态。生命本身不能凝固，凝固即近于死亡或真正死亡。惟转化为文字，为形象，为音符，为节奏，可望将生命某一种形式，某一种状态，凝固下来，形成生命另外一种存在和延续，通过长长的时间，通过遥遥的空间，让另外一时另一地生存的人，彼此生命流注，无有阻隔。文学艺术的可贵在此。”有意思的是，文章前引的十六个字，后来流传甚广，并被刻在了湖南凤凰沈从文的墓碑上：“照我思索，能理解‘我’。照我思索，可认识‘人’。”

流莺春梦

《小城之春》是一首真正的古中国诗——温柔淳厚。

——《电影艺术》1990年第1期

·名家检索·

费穆（1906—1951），字敬庐，号辑止，出生于上海，中国现代著名电影导演、编剧，曾执导了中国第一部彩色影片《生死恨》。他以诗意浓郁的影像风格被誉为“诗人导演”。代表作有《香雪海》《天伦》《孔夫子》《小城之春》《生死恨》等。《小城之春》曾被评选为中国电影九十年（1905—1995）历史上十部经典作品之一；2005年，被香港电影金像奖评为中国电影“百年百大电影第一名”。

这的确是一个令人感伤的故事。

抗战结束后，南方一座破败的小城，乡绅戴礼言和太太周玉纹过着乏味寡淡的日子。戴礼言的家产毁于战火，他本人又久患肺病，性情忧郁而苦闷，颓丧地几乎失去了生活的勇气。周玉纹对丈夫也并没有太深的感情，仅仅出于一种伦理上的责任，侍候照顾着他。她的心是寂寞的，却又逃不出这同样小而寂寞的城。直到这年春天，戴礼言阔别多年的故友，同时也是玉纹过去情人的医生章志忱（他们隐秘的情史，戴礼言并不知晓）突然到访，为死水微澜般的绝望生活荡起了阵阵涟漪。玉纹试图在志忱身上重新寻回青春的激情和生活的希望，志忱则在道德和情感间陷入困境，礼言发现了妻子和友人间的微妙关系，痛苦不堪，而此时，戴礼言的妹妹、十六岁的戴秀又坠入了少女甜蜜的爱河，她的爱慕对象正是志忱……这段错综复杂的情感纠葛，最终以戴礼言自杀未遂、章志忱离开小城而告终。暮春里，戴礼言一家来到城头，望着志忱的背影渐行渐远……

欲说还休的心事、欲拒还迎的情感，1948年，当这样一个寂寞的故事和寂寞的春城浮现在导演费穆的脑海时，熟谙中国古典文学的他，不禁吟诵起了苏轼的小词《蝶恋花》：“花褪残红春杏小，燕子飞时，绿水人家绕。枝上柳絮吹又少，天涯何处无芳草。 墙里秋千墙外道，墙外行人，墙里佳人笑。笑渐不闻声渐悄，多情却被无情恼。”这首词写初夏时节发生于墙里墙外的一次极为平常的偶遇，感叹春光流失，在略表忧愤与惆怅之余，抒发了诗人坦荡的胸襟，表达了其旷达超脱的人生态度。“天涯何处无芳草”不仅指一个自然现象，更是扩大成为一个心理经验，好像对生命是一个很大的鼓励。“笑渐不闻声渐悄，多情却被无情恼”，这种真性情、这种自我调侃和自我解嘲，大概只有东坡有。据电影《小城之春》编剧李天济回忆，费穆的创作构思正是围绕这首词的意境来展开的。

中国的古典艺术一直有“诗中有画，画中有诗”的传统，不同的艺术媒介，在主抒情、重写意的东方美学观照下，的确可以实现诗性的融合，但电影毕竟是新兴的综合艺术，是现代工业文明的成果，流水化的团队作业、以表现主义与写实主义创作风格为主导的欧陆电影模式、“自我表现”与“纪录还原”二元对立的电影观念，似乎天然与中国文艺的个人抒情趣味、感伤传统绝缘，以诗入画易，以诗境入光影，则何其难也！

王国维《人间词话》里说，艺术境界有“有我之境”和“无我之境”的分别，“有我之境，以我观物，故物皆著我之色彩。无我之境，以物观物，故不知何者为我，何者为物”。受此启发，在费穆看来，要想实现诗化电影的艺术抱负，也必须开辟出一条“主观地写实”“用主观融洽于客体”的新路子，以《小城之春》为实验，他成功创立了一种独特的主、客观镜头融为一体的镜头语言新形态。

影片开头，有一组纪实性很强的客观镜头。断壁残垣一片的戴家小院、仆人老黄倾倒在院门口的药渣……这组细腻、写实的镜头语言，传递出的却是非常强烈的主观情绪。灰色破败的院落，象征着战争的创伤，直给人一种“国破山河在，城春草木深”的悲凉，而干瘪的药渣几乎就是戴礼言、周玉纹夫妻苦涩心境的外化，是一种心理的写实。

志忱的到来，为戴家阴郁的生活注入了一股生机，这种外部环境对人物心理的改变，同样是借助一组戴家人和志忱划船春游的镜头来呈现的。缓缓流动的春水，欸乃前行的木桨，两岸野趣十足的风光，构成了一幅明媚鲜亮的游春图景，物景的变化，显然投射着人的心境，所谓“一切景语皆情语”，一切电影的镜语，何尝不是如此？表面上，你听见的，是客观的水流和桨声，其实，真正流动的，却是人的意识、心绪和情感。这一帧春日游春的镜头组合，不正像一首隽永、清新的抒情小诗吗？不正是一幅笔墨浓郁的中国画吗？

最妙的，是影片中对无声画面的处理。玉纹和志忱城头私会回来，缓步在乡间的小道，这一路之上，两人必是有千言万语，感慨系之，在费穆的调度下，却成了一段屏蔽掉所有声音的静穆光影，只有两人沿着小径而行的客观镜头。机位步步推进，营造出写实的氛围，但“此时无声胜有声”，此处的沉默，就像是苏轼《蝶恋花》里的柳絮，将心底情事飞扬、抖露一地。这番源于东方审美经验的“留白”，不是将有限的镜头语言表达空间无限拓展、丰盈了吗？

整部影片，充满了中国抒情美学的物象符号，如戴家小妹送给志忱的盆景、玉纹赠予志忱并在电影里反复出现的兰花，还有庭院里扶疏花花的倒影、玉纹独守空房时的刺绣……这些精致古典意象的密集展示，的确显露了费穆“诗化电影”的野心，但“诗化”并不意味着完全的复古，相反，费穆借《小城之春》诗一般的电影语言，所要表达的，却是一种深刻的现代性体验。

弥漫于全片的情绪，是灰色的悲凉，是战后现代人的颓废、茫然与绝望。戴礼言是一个典型的消极现代知识分子的形象，人生际遇和情感生活的苦闷，甚至逼他做出了吞药自杀的极端举动。而从俄国作家契诃夫的戏剧《伊万诺夫》《万尼亚舅舅》，到中国剧作家曹禺笔下的周萍、曾文清等形象，因痛苦而软弱自杀的知识分子群像，已经成为作家们描写现代人精神悲剧的“标配”。至于戴礼言所患的肺病，更非“偶然得之”，这自浪漫主义文学以来，就被作家反复书写、带有特殊忧郁气质的疾病，已公认为是现代性的一种隐喻和符号了。

至于玉纹和志忱之间的情感，发乎现代却始终止步于传统伦理。玉纹蛰伏、压抑多年的情欲逐渐觉醒，当她鼓足勇气向志忱表白时，还是遭到了来自传统道德最冰冷的抵触，最终只有在春天里幻灭。梳理自近代以来中国文艺的发展，女子“寻春”始终是一个重要的母题，杜丽娘的“情”，在游园惊梦的刹那被唤醒，她最终冲破了世俗罗网而“得情”，现代性体验虽有萌芽，但依旧笼罩着浪漫主义的想象色彩。到了《小城之春》，玉纹的“寻春”悲剧就要深刻得多，它表现的是现代人一种普遍的精神挣扎：在传统与现代、道德与情感、身体欲望与心灵禁锢之间。激情勃发的春天固然美丽，但种种隐忍的渴望、被压抑的春意、觉醒后依旧无处可归的惆怅，不是更值得我们反复书写、体味吗？

费穆在《写给杨纪》的信中说，《小城之春》是“我为了传达古老中国的灰色情绪，用‘长镜头’和‘慢动作’构造我的戏，做了一个狂妄而大胆的尝试”。为了这一尝试，他曾用了将近十年的时间研究中国京剧和国画艺术，把握中国文艺抒情传统的精华。艺术史最终没有辜负他的这一番苦心。尽管在1948年的政治文化气候下，《小城之春》的“横空出世”带有不合时宜的味道，甚至被批评为“那么苍白、那么病态”，“根本忘了时代”，尽管自当年的短暂公映之后，这部电影就被束之高阁，直到艺术氛围相对宽松的20世纪八九十年代，才获得重新发现——但《小城之春》确乎开启了中国电影抒情美学的诗化镜像，后来的《庐山恋》（1980）、《芙蓉镇》（1986），乃至《卧虎藏龙》（2000）、《刺客聂隐娘》（2015）等古装片，都回荡着这一诗意传统的浅吟低唱。

“死气沉沉的小城，春心荡漾的人们”，现代导演贾樟柯用这个意味深长的句子来评《小城之春》。

纯诗的礼赞

·名家检索·

曹禺（1910—1996），中国现代杰出的剧作家，原名万家宝，祖籍湖北潜江，出生于天津。1934年曹禺的处女作《雷雨》问世，成为中国现代话剧走向成熟的重要标志。后来他又创作出《日出》《原野》《北京人》《家》等经典作品，把中国现代戏剧艺术推向了高峰。

在现代文学史上，曹禺与鲁迅、郭沫若、茅盾、巴金、老舍齐名。他也是中国现代戏剧的泰斗、教育家，历任中国文联常委委员、执行主席；中国戏剧家协会常务理事，副主席；中国作协理事，北京市文联主席；中央戏剧学院副院长，名誉院长；北京人民艺术剧院院长等职务。由于对中国现代戏剧艺术的卓越贡献，他曾被誉为“东方的莎士比亚”。

·不断的杜鹃啼声传来

珏（忽然）明轩，你记得我第一天来的夜晚，杜鹃在湖边叫么？

新（泫然）记得，那时候是春天刚刚起首。

珏（梦一般地迷惘）嗯，春天刚刚起首。

新（绝望袭进他的心，凝视着她，沉痛地）现在是冬天了。

珏（声音低弱而沉重）不过冬天也有尽了的时候。（逐渐闭上眼）

贞（忽然）大哥，你看，嫂嫂闭上眼了。

新 珏——

·大家匆忙却是静静地围上去，钱太太也推门走进。

·外面杜鹃一声声凄婉而痛彻地鸣唱着。

·窗外正落着漫天的大雪。

（幕落）

——曹禺《家》第四幕

1942年夏天，在重庆唐家沱的一艘江轮上，经常可以看到一个中年模样的男子，守着简陋的餐桌奋笔疾书。夏日的夜晚，明月清辉，映照着碧波流水。突然，两岸传来杜鹃泣血般的啼叫，打破了静谧的夜色。男子放下手中的笔，长吁一声，稿纸落定，灯影昏黄——在这江风阵阵的夏夜，中国现代戏剧史上又一部经典名作、四幕话剧《家》诞生了。

《家》的作者曹禺，似乎总与夏天结缘。八年前的酷夏，他俯写于清华大学图书馆杂志室的书桌，《雷雨》问世，轰动文坛，而当时，曹禺还只是清华大学外文系三年级一名二十三岁的学生。

如果说，写作《雷雨》时的曹禺，还不曾想到自己会怎样深刻影响中国戏剧的历史走向，那么，创作《家》时的他，已经有意识地要为话剧这门“舶来”的艺术，寻求新的舞台表现形态——《家》是风格独特的诗化戏剧，它的戏剧语言洋溢着诗一般流畅动人的节奏，它的舞台空间充满着诗一样细腻婉约的典雅氛围，它的主要人物，也都闪烁着高度纯净的诗性光芒，甚至，连它的创作过程，按曹禺女儿万方的回忆，都美丽得像诗一般。那一年，曹禺正陷入一段甜蜜的爱恋中，他每写完一个段落，都将原稿寄给“我所爱的朋友”、后来成为他夫人的方瑞。无论是人生还是艺术，曹禺都正迎来属于他的诗的境界。

从“郁热”到沉静

曹禺的《家》改编自巴金的同名小说。巴金的这部小说，有“现代版《红楼梦》”的美誉，它描写了高家这一腐朽大家庭的没落，特别是以高觉慧、高觉新等为代表的年轻一代，在旧家族悲剧的命运里抉择。原著“革命加恋爱”的叙事模式曾风靡一时，在现代知识青年群体中引起了极大的共鸣，甚至有不少人是一边热泪盈眶地读着巴金的《家》，一边走向了革命启蒙的十字街头。

这样一部激情澎湃的巨作，人物众多，叙事繁杂，该如何呈现于三尺舞台的有限时空呢？曹禺反复斟酌后，决定将四幕戏的时间分别设定为“初春”“盛夏”“暮秋”和“冬天的薄暮”。以物候变迁对应人事沉浮，同时也在四季草木的盛衰枯荣中，赋予逼仄的现实舞台空间以丰沛的诗意。这一虚实结合的舞台时空布局，贯注着天地轮回、人事代谢的东方哲学智慧，把一个史诗题材处理得轻盈而不失丰厚，比起他的处女作《雷雨》来，明显更有“中国范儿”“民族味”了。

读过《雷雨》的朋友一定还记得，周家紧张得让人窒息的巨变，是在从早晨到半夜两点的一天之内完成的。不到24小时内，周家人死的死，疯的疯，给人非常震撼的舞台冲击力，也展示了青年曹禺对于天地不仁和残酷命运的惊人理解。这种命运悲剧观，显然受到了古希腊悲剧的深刻影响，叙事的时空安排，也带有西方戏剧“三一律”的影子，即用一地、一天内完成一个故事从开头直到末尾的全部叙述。

《雷雨》的舞台时间设定是酷夏，整部戏给人的感觉也得是压抑的，郁热的环境、燃烧的情欲、狂暴而残忍的命运，二十三岁的曹禺似乎是借助《雷雨》寻找到了原始生命力量喷薄而出的宣泄口。如果将艺术比喻为一口深井，那么，《雷雨》的这口井无疑是丰满的，甚至因为情感烈度过浓、叙事密度过强、舞台空间过于写实，而满到无法承载。

这一艺术上的缺憾，年轻的曹禺竟已有天才性的预见。全本的《雷雨》剧本，其实还包括了序幕和尾声，他在这两部分里设计了宗教救赎的情节，以弥撒舒缓、宁静的节奏，来缓和过于激烈的悲剧氛围，只可惜，多数舞台版本的《雷雨》，却只关注炫目的情节，而将这至关重要的部分忽略了。

《雷雨》之后，曹禺继续着他有关中国现代性的舞台书写。《雷雨》写的是一个现代家庭的毁灭，《日出》则以交际花陈白露为视角，聚焦整个现代社会溃败、糜烂的“浮世绘”；到了《原野》，作家解剖的，已是人性本身的复杂性，仇虎复仇的悲剧，将种种压抑的人性之恶展露无遗：欲望、暴力、潜意识的黑暗……

写到这里，曹禺笔下的悲剧舞台似乎有些过于沉重、绝望了些。悲剧，命运的悲剧、社会的悲剧、人性本身的悲剧，的确如亚里士多德所说，有引起人心灵悲悯和净化的效果。但现代人的生命形态是何其丰富，难道是单一的悲剧气质所能概括的吗？《雷雨》的古典主义、《日出》的批判的现实主义以及《原野》里明显流露的表现主义技巧，都借鉴了西方文艺创作手法发现人的精神困境，但这是否意味着以诗性抒情为主要特色的东方美学传统，已无法烛照现代人的心灵呢？

带着这些思索，曹禺在20世纪40年代初创作了《北京人》和《家》。《北京人》写的还是传统家庭的崩溃，但作者却坚称这是一部“喜剧”。我们理解，不是插科打诨的滑稽，也不是夸张变形的幽默，而是在孤独、凄清甚至污浊的环境里，仍然葆有人性的健康与美好，才构成了曹禺所说的“喜剧精神”。愫方是《北京人》里的女人公，比起处女作《雷雨》里为情欲所吞噬的繁漪，作者有意摈弃了现代女性的某些病态性格，而赋予愫方沉静、温婉的古典气质。到了《家》，在原著里着墨不多的高家少奶奶瑞珏竟成了舞台上的主角，她的娴美、真挚和悲悯，几乎就是女性美的诗性化身了。从《雷雨》里郁热的夏天，到《北京人》沉静的秋日，曹禺完成了现代艺术家十分重要的精神过渡，此刻，他又要在《家》开拓出春天般的诗意了。

最后的抒情诗

戏剧艺术的诗意，首先表现在对白语言的诗化上。细读《家》里的对白，完全洗却了《雷雨》时期刻意追求戏剧效果的做作、浮躁之气，回归到了凝练纯粹的朴素之美，同时又在日常口语的基础上，融合了中国古典诗歌一唱三叹的韵律之美，真是字字珠玑，悦目悦耳。以觉新和瑞珏洞房时的“新婚独白”为例。瑞珏听到杜鹃的歌声，第一次看到觉新的形象：

珏　妈，真地，您没有骗我
他是个人！
女儿肯！
·远处杜鹃声更清快地传入耳鼓。
怪，这相貌，
仿佛在梦中见过，
像曾经在画里，
在春天——（低首寻思）

这一段独白，纯用口语，却以轻重、长短的语言错杂排列，形成了特殊的节奏，典雅的韵律间，仿佛新娘内心的甜蜜与憧憬，已如汩汩泉水般流淌了出来，堪称诗剧语言的典范。类似珠玉般圆润流畅的独白对白、长叹短吟，在《家》里可谓俯拾皆是。信手拈来处，透露的，尽是一片诗的本色，真有司空图（837—908）所谓“羚羊挂角，无迹可寻”的透彻玲珑之美！

《家》的浓浓诗意，更表现于诗境空间的营造。有人说，读曹禺剧本，而不读舞台提示，大有“入宝山而空归”的遗憾。戏剧不是单纯的案头文章，更是舞台表现的雏本，为了确立诗性的舞台形态，曹禺不吝笔墨，在每一幕、每一景的开头，都以散文诗般的语言精心编织着独特的舞台审美世界。高府的梅园，正是这样一片诗意盎然的天地：“那一丛丛的梅树远远望过去，像雪林，像冰谷，泛漾于宁静的天空，冷艳而沉穆，如若静女。”梅是高洁的代表，梅林又是觉新与梅表妹少年幽会之地，古老的梅花，也就成了纯真爱情的化身。

除了在空间上嵌入梅林这样的古典元素，曹禺还将李商隐“望帝春心托杜鹃”的诗意，立体地呈现了出来。哀婉的杜鹃声声，响彻全剧，不但给观众带来听觉上的冲击，而且这鸟声的起伏间，无不流动着人的心绪，寄予着人的爱恋与希望。“杜鹃啼血”的意象的确有悲剧的蕴藉，但宁愿哀泣而死，也要带血啼唱，这不是对爱情、青春和生命的礼赞，又是什么呢？

为这诗性空间所滋养的年轻生命，自然也宛如一首首纯真的诗了。《家》以艺术提纯的手法，涤荡杂念，升华情感，将瑞珏、觉新、梅表妹等人物形象理想主义化了——他们自然都是生活在痛苦、压抑的环境里，他们命运的结局也是令人悲哀的，但并没有沉沦于痛苦的哀伤和世俗的污浊，而始终保留着对人生和世界一份真挚的热爱，甚至用这种热爱温暖、救赎着没落中的大家庭。像本章开头所引的一场戏，瑞珏难产临死之际，觉新守候在身边，在如此绝望凄凉的冬天里，仍有雪夜杜鹃的啼唱，仍有年轻夫妇对于春天的渴盼，这与《雷雨》里疯狂的死亡，与《日出》里陈白露的堕入风尘，与《原野》中原始狂热的复仇，完全是两个艺术世界和心灵境界了——曹禺早期的戏剧，总是侧重于复杂人性的开掘，侧重于对现代性的揭露和批判。而从《北京人》到《家》，他的美学兴趣，却转向了纯净的明晰，转向更加温厚的爱和救赎。而这，恰恰正是作家艺术家生命丰沛而成熟的表现。痛苦的呻吟总是容易的，谱写爱的诗篇，却很难。

曹禺40年代的艺术转变，不由不让人联想到俄国作家、戏剧家契诃夫（1860—1904）。契诃夫后期的戏剧，像《樱桃园》《三姊妹》等，都呈现出了散文化甚至诗化的语言风格，更洋溢着博爱、悲悯的现代喜剧气息。曹禺曾坦陈，他在创作《北京人》时，就已经对契诃夫产生深刻的共鸣。契诃夫的戏剧创作，在当时并没有为欧洲主流文艺界所承认，直到20世纪，人们才惊呼：这才是真正意义上的现代文学！曹禺诗化抒情的创作转向，同样没有得到时人的理解。《家》出版后，左翼诗人、批评家何其芳尖锐地批判曹禺“重心不在新生的一代的奋斗，而偏到恋爱婚姻的不幸上去了”。田汉更是高呼，

《家》的剧作，“对反封建问题有着严重的错误见解”。

比契诃夫更不幸的是，曹禺回归抒情传统的现代性书写，竟为这些众声喧哗的裹挟而夭折了。《家》之后，他再也没有创作出一部在艺术上稍有所建树的作品。晚年的曹禺常常因创作力的衰竭而痛苦，他不止一次地和女儿说，自己总想写点大的东西，却写不出来了。这个后来在政治运动中被发配看守厕所的“东方莎士比亚”，他的艺术生命永远定格在了1942年夏天，重庆唐家沱的那艘江轮之上。

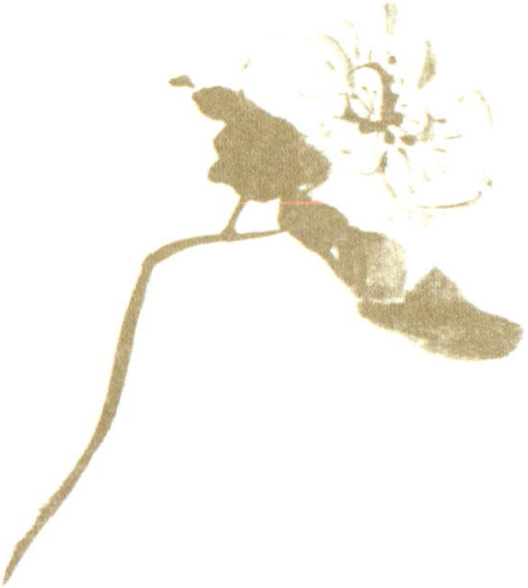

寻根的浮萍

钱夫人沉吟了半晌，侧过头来答道："变多喽。"

——白先勇《游园惊梦》

·名家检索·

白先勇（1937— ），台湾当代著名作家，生于广西桂林。中国国民党高级将领白崇禧之子。代表作有短篇小说集《寂寞的十七岁》《台北人》《纽约客》，散文集《蓦然回首》，长篇小说《孽子》等。其中《台北人》入选20世纪中文小说一百强。近年来，白先勇一直致力于昆曲等传统艺术的推广，2012年出任香港中文大学"昆曲研究推广计划"荣誉主任。《游园惊梦》选自其短篇小说集《台北人》。

初读小说《游园惊梦》，并不知道白先勇是谁，只是惊讶：作者怎会如此熟稔旧式的贵族生活？小说里的钱夫人——随国民党政权移居台湾的将军遗孀，也是昔日秦淮河畔的名伶，赴台北参加窦公馆的夜宴。觥筹交错间，一切都精致得如一袭华美的锦袍：公馆的陈设，是景泰蓝的瓶尊，是万年青，是醉红的海棠叶，一派古典园林的气象。夜宴的人物，或着墨绿的杭绸，或是珠灰的旗袍，带一身的玉器，衣着明艳而风姿典雅。甚至连八仙桌上小小的四色糖盒，都是描金乌漆的。吃食呢？红烧鱼翅还非得配一匙羹镇江醋，这样饱满的细节，不是世家的翩翩公子，又哪里写得出来？

后来，检索了白先勇的家世，心底暗自一惊：哦，原来是国民党一级上将、桂系军阀领袖、“小诸葛”白崇禧的儿子！再后来，在中大听他的讲座，更是一惊：年过八旬，声音轻柔而儒雅，竟如洗却了人间烟火一般纯净，这大概就是最后的贵族了吧？

美国有个人类学家叫雷德菲尔德，他认为，在一个复杂的社会里，文化也是分层次的，有代表高雅文化的大传统，也有来自民间文化的小传统。白先勇和他的文艺创作，显然是这大传统的一支了：他出身于那样显赫的家庭，从小耳濡目染的，就是古典文化里最精粹的部分。1945年10月，当多数国人还未完全挣脱八年抗战的离乱之忧时，八岁的他，已经端坐于戏台之下，安静欣赏梅兰芳的演出了。这次演出的曲目，是昆曲《牡丹亭》里最著名的一折《惊梦》。汤显祖的《牡丹亭》，全名叫作《牡丹亭还魂记》。抗战期间，梅兰芳曾蓄胡明志，拒绝为日本人演出。现在，经历了八年炼狱般的苦难，他再次登台，并选择了《牡丹亭还魂记》作为复出的首演，这是有很深寄寓的。戏里的杜丽娘是因爱而还魂复活，戏外呢？侵略者的铁蹄并没能摧毁中国传统文化的精华，以昆曲为代表，中国古典艺术的精魂，正欲凤凰涅槃，复兴归来。

当然，八岁的小观众白先勇还很难理解这些深层次的东西，他甚至未必能记清《游园惊梦》的具体细节，可梅兰芳轻舞的水袖，银铃般婉转的唱腔，却在他心底留下了难以磨灭的华美印象。但这个美丽而古典的艺术之梦，很快就被现实粉碎了。

三年内战，国民党惨败，白崇禧到台湾后，又一直被蒋介石严密监视，白家的处境也日益艰难。白先勇亲眼见证了白家的一步步衰落，母亲又含病去世，悲痛之下，他选择赴美留学，并在机场与父亲最后一次晤面。

1966年，白崇禧莫名死亡。消息传来，白先勇的内心如翻江倒海般不能平静：父母亡故，家，是破碎难全了；远渡重洋，故国更是缥缈难归。短短二十余年间，白先勇经历了天翻地覆般的时代和人生命运变幻，又值三十而立，其内心的苦痛和创伤是难以言说的，更面临着漂泊异国的文化认同，他靠什么来度过1966年的精神危机呢？

极度的痛苦之下，1945年观看梅兰芳演出时温馨而美丽的一幕，又浮现在眼前了。在个体生命脆弱得不堪一击时，来自民族文化深处的精神召唤，往往是支撑个体走出命运困境最重要的力量。昔日繁华的梦影、今朝人世的凄凉，以及故园离乱、身心飘零的种种感慨，最终，都浓缩于泣血的笔触，写就了这一篇华丽而苍凉的《游园惊梦》。

钱夫人受邀，到窦公馆参加昔日小姐妹的生日晚宴，一番怀旧的喧嚣后，姐妹们邀请钱夫人再次登台，演唱她的拿手好戏《游园惊梦》。钱夫人这才告诉众人：自己的嗓子废了，再也不能唱戏了。夜色之中，好久没来台北的她长叹一声："变多喽……变得我都快不认识了——起了好多新的高楼大厦！"

结尾苍凉一叹的，哪里是落魄的将军亡妻钱夫人，分明是为沧桑巨变裹挟的白先勇和他的同代人！时代的变化是剧烈的，人事的变迁更是倏忽不定，我们何以对抗绵长跌宕的时间之流，抚平种种巨变带来的累累创痕呢？

唯有艺术的抒情，和情感熔铸的艺术，才能让冷漠的时间积淀、生成为有情的历史（艺术让人忘记快乐，也忘记烦恼）。汤显祖的《牡丹亭》以爱情的灵光，冲破了旧式伦理的藩篱；梅兰芳借《牡丹亭》的块垒，浇注文化复兴的热盼；到了白先勇这里，则是以一种悼亡、伤逝的精致文学笔调，在激烈动荡、瞬息万变的现代语境下，召唤古典抒情美学永恒的精魂了——小说里的钱夫人失声了，但博大精深的传统文化，优雅瑰丽的东方抒情美典，又岂能在现代社会里沉默成苍白、喑哑的声部？

晚年的白先勇，一直为古典美学的"发声"而奔波。1982年，他将小说《游园惊梦》改编成了舞台剧。20世纪80年代末90年代初，又和大陆艺术家合作，制作昆剧《牡丹亭》。从2002年开始，更集合了两岸三地的文化精英，打造青春版《牡丹亭》，并在各地巡演，受得了青年知识分子群体的热捧……"昆曲热"绵延至今，白先勇也成为引领戏曲艺术和抒情美学复兴的代表人物。

2012年6月在中山大学的讲座中，白先勇曾多次动情地回忆父亲高大的身影。他说，自己印象最深的，是1948年离开南京时的一幕。船离开中山码头已经很久了，隔着浩缈的烟水，他依旧回望着码头的方向。一年之后，新中国成立，一个叫胡风的诗人高声吟唱道："时间开始了！"

但这是否意味着文化维度上，也要彻底地"革故鼎新"呢？在白先勇写作《游园惊梦》的同一年，一场持续十年的浩劫在大陆爆发了。我们反复描述的这条中国抒情美学之流，也被巨大的阻力所截断。等这一脉抒情潜流的潺潺活水，再次激荡起雅文化的美丽浪花，还要到80年代，在以白先勇为代表的两岸三地文艺名家的共同促成下，新时期的文化复兴才姗姗而来。毕竟是几千年的抒情传统之河流，既然流到我们面前，它还是要流下去的。

第六章

黑暗之灯

《如来》 徐维

奥斯维辛之后

那是春天，树木发现了他们的鸟。

——〔德〕保罗·策兰《逆光》

·名家检索·

保罗·策兰（1920—1970），出生于罗马尼亚一个犹太知识分子家庭，二战期间，父母死于纳粹集中营，策兰本人幸免于难，但一生流浪，历经磨难，1970年自杀于法国塞纳河。二战后，策兰以《死亡赋格》一诗震动德语诗坛，后来又出版多部诗集，代表作有《罂粟与记忆》《无主的玫瑰》等。他曾获毕希纳奖、不莱梅文学奖，位居20世纪最伟大的诗人之列，也是继里尔克之后最有影响的德语诗人。

清代学者赵翼（1727—1814）的《题遗山诗》里说：“国家不幸诗家幸，赋到沧桑句便工。”这是说，社会动荡是不幸的，但对诗人的创作而言却未必不是一件幸事。饱经苦难沧桑的诗人，往往能写出更加深刻的作品。在文学史上，赵翼的狂是出了名的，那句流传甚广的“江山代有才人出，各领风骚数百年”、“鱼熊自笑贪心甚，既要工诗又怕穷”就出自他的笔下。可轻狂如赵生，也不敢轻易逾越儒家的诗教观。孔子说：“诗可以怨。”司马迁进一步发挥为：“发愤以著书。”再到韩愈的“物不平则鸣”，欧阳修的“词穷而后工”，直到赵翼，一句话，苦难和逆境，乃是滋养诗歌创作的重要养分。

这种将苦难诗化的观点，在西方也一度非常流行。尼采就曾打趣道，诗人的创作和母鸡下蛋是一个道理，都是“痛苦使然”。当然，母鸡下蛋时的疼痛，只是生理上的，诗人的痛苦却来自精神文化层面。20世纪以来，人类经历了太多暴力和血腥的磨难，特别是惨烈的两次世界大战，几乎摧毁了许多人对善和美的信念。在巨大的现实痛苦面前，诗歌的言说是苍白的，艺术的力量是羸弱的，甚至连写诗本身的价值都遭到了质疑。

“自奥斯维辛之后，写诗是野蛮的，这就是为什么在今天写诗已成为不可能的事。”这是德国哲学家阿多诺（1903—1969）的名言。奥斯维辛是波兰南部的小镇，二战期间，纳粹德国在这里修建了集中营，对犹太人进行疯狂的屠杀和残害，有一百多万人殒命于此。奥斯维辛集中营也成为野蛮和罪恶的代名词，是人类历史上最黑暗残忍的记忆。在经历了奥斯维辛梦魇般的恐怖血腥之后，诗歌抒情的意义何在？诗人们还能有勇气直面现实吗？阿多诺的诘问，很快得到了一位德语诗人的回应，这个诗人的横空出世，甚至“逼”着阿多诺收回了他有关奥斯维辛之后，诗歌写作不可能性的预言。

这个诗人就是保罗·策兰。策兰是犹太人，也是奥斯维辛大屠杀的亲身经历者。1942年，他和父母一起被驱逐到集中营。他的父亲因高强度的劳役得了伤寒，死了；他的母亲遭纳粹枪击，也死了，死的时候连脖颈都被洞穿了。策兰本人则被强征为苦力修筑公路，直到1944年战争结束后才回到家乡，可故乡早已成为一片焦土。亲人惨死，国破家亡，他只好偷渡去了维也纳，后来又逃亡到了巴黎，在流亡苦难中度过了一生。梳理诗人的简历，这就是一个被战争毁灭了的个体典型，但和众多沉默的受害者不一样，策兰用他的诗歌，发出了属于自己的声音。

他早年创作的诗歌《死亡赋格》在德国可谓家喻户晓，被誉为是记录奥斯维辛大屠杀的血泪“诗史”。赋格本是一种音乐的形式，类似于《诗经》里重章叠唱、回还盘旋的表现手法。策兰在这首诗里反复咏叹的，是一杯黑色的牛奶：“清晨的黑牛奶我们傍晚喝它／我们在正午喝在早上喝我们在夜里喝／我们喝呀我们喝”。正常的牛奶本是白色的，这里却偏写成了黑色，这是一种物理的反常，物理的反常寓意着什么呢？是死亡阴影下，奥斯维辛集中营里人们精神的失常。密集的语言重复，造成一种紧张、狂躁的气氛，“我们”如同牲口喂食般被强制喝下颜色异常的牛奶，哪里还有丝毫的尊严可言？更令人震惊的，是纳粹极端变态和野蛮的残害手段，“他派出他的狼狗扑向我们／他赠给我们一个空中的坟墓／他玩着蛇做着美梦／死亡是一位从德国来的大师”。

据史料记载，德国纳粹在奥斯维辛集中营甚至还建造了专门的焚尸炉，用来处理堆积如山的尸体。极度痛苦的回忆下，策兰反而使用了相当平静的语言来描写这一段历史：“他叫道更低沉一些拉你们的琴然后你们就会化为烟雾升向空中。”可任何一个读者，都不难体味到这种克制背后隐忍、压抑着的剧痛。

斯皮尔伯格有部著名的影片叫《辛德勒的名单》，讲的也是奥斯维辛大屠杀。长达三小时的黑白的影像叙事，多少有点稀释历史的味道，而策兰的诗，则情感更加浓缩，也更有力度和深度。但像《死亡赋格》这样的诗，毕竟是太过压抑了，心理脆弱的读者很难有勇气重读，因为每读一遍，都仿佛咀嚼着最深彻的痛苦。人们甚至像阿多诺一样怀疑，经历了那样浩大的历史劫难，创作者本人，还有没有修复心灵创伤的可能？

策兰的诗，的确有难以承受的生命之重，但这并不意味着，他精心构筑的语言世界是冰冷、黑暗、没有温暖的，事实上，他晚年甚至拒绝将《死亡赋格》收入诗选。顶着暴力、记忆的阴影，策兰一直努力以写作照亮生命最苦痛的内核。

“那是春天，树木发现了他们的鸟。”这是诗人晚年创作的《逆光》里的名句。古今中外，有不少以春天为主题的诗。阅读经验告诉我们，当一个题材被反复书写，往往就会产生审美的疲劳。可我们读策兰的这句诗，却丝毫没有那种烂熟的味道，反而能感到一种鲜活、蓬勃的春天气息正扑面而至。这种新鲜的阅读愉悦从何而来？奥秘就在于诗歌语言的陌生化处理。所谓陌生化，就是打破事物间固有的逻辑，将我们熟悉的日常语言扭曲、变形，从而表达出鲜活的艺术感受。比如，唐代诗人杜甫《秋兴八首》里的一联："香稻啄余鹦鹉粒，碧梧栖老凤凰枝。"按正常语序，这两句应该是："鹦鹉啄余香稻粒，凤凰栖老碧梧枝。"可杜甫却大胆改变了语序，将"香稻""碧梧"提前，强调稻谷之多，所以鹦鹉啄之有余；碧梧高大，所以凤凰来栖，富饶丰盈的盛世景象也就跃然纸上了。

策兰的这句诗，和杜老笔法可谓有异曲同工之妙。明明是春天到了，飞鸟寻觅树林，却说是"树林发现了鸟"，语序的错位，将物态的树林人格化，仿佛春天一到，所有的事物都洋溢着生命欢腾的旋律，连草木的精魂都复活了。"树木发现鸟"，这在自然逻辑上是不可能的，却贴合了艺术想象的维度。因为真正隐藏在这幅画面之后的，是人，是沉浸在美好春光里的欢愉个体。树木发现了鸟，这其实是饱经沧桑的心灵被重新注入鲜活而热烈的生命元气。原来，春天并不仅仅是一种客观的季候，一种物理的自然存在，而是用心"发现"才能感受到的一种生命境界，这就叫诗心不泯，这才是艺术和诗对抗现实逻辑的胜利！

人们很难想象，这朴素而温暖的诗行，竟和《死亡赋格》出自同一个诗人之手。像阿多诺这样过于理性、刻板的哲学家，更难以理解，脆弱而无助的个体，在被巨大历史的暴力无

数次碾压后，还能葆有发现春天的温情。的确，奥斯维辛是一个黑洞，它吞噬了文明的优雅，也粉碎了建筑于宗教和哲学之上的理性幻象，但策兰的创作已经证明，奥斯维辛之后，写诗依然是可能的。真正的问题在于，我们该如何定义诗歌、定义艺术？诗，是一种浅薄的抒情？是复制的摹写和聚合的歌唱？还是如同保罗·策兰自己所说：“它要求成为永恒，它穿过并把握时代——是穿过，而不是跳过。”

幸福的慰藉

如此幸福的一天。
雾早就散了，我在花园里劳作。
歌唱着的鸟儿正落在忍冬花上。
在这世界上我不想占有任何东西。
我知道没有一个人值得我嫉妒。
不管我曾遭受过什么样的苦难，我都忘了。
想到我曾是那同样的人并不使我难受。
我身体上没感到疼。
挺起身来，我看见蓝色的大海和帆。

——〔波兰〕米沃什《礼物》

·名家检索·

切斯瓦夫·米沃什（1911—2004），美籍波兰诗人、散文家。他早年曾从事反法西斯活动，1951年因政治原因自我放逐到法国，后加入美国国籍，是20世纪流亡诗人的重要代表，也是当代最著名的外国诗人之一。其诗风格朴实，有散文化倾向，1980年获诺贝尔文学奖。主要作品有《被禁锢的头脑》《伊斯河谷》《个人的义务》《务尔罗的土地》，自传《米沃什词典》等。

当我们谈论幸福的时候，我们在谈论些什么？

是事业的成功、家庭的美满还是来自社会的认可和尊重？是甜蜜的爱情、温馨的亲情还是诚挚的友情？是刹那的相拥、此刻的愉悦还是未来的希冀？重读波兰诗人米沃什的这首短诗《礼物》，或许能为我们破解通往幸福之路的心灵密码。

“如此幸福的一天”是从花园里的劳作开始的。在“我”眼里，晨雾已散，鸟儿歌唱，忍冬花飘香，每一个自然物象都洋溢着明亮、鲜活的色彩。万物丰饶而“我”辛勤劳作，这里的愉悦朴素如农人稼穑、原野拾穗，似乎让人回到了田园牧歌的纯真时代。物固然是美的，能给人一种幸福的“小确幸”，更弥足珍贵的，是“我”和自然、心与物关系的亲近融洽。“在这世界上我不想占有任何东西。我知道没有一个人值得我嫉妒。”不是对物的占有，更不是对自然和人的征服，而是一种圆融、和谐、共荣共生的自在的境界，催生着人内在的幸福体验。

这种心灵境界，平静与温厚，却滋养着无限丰盈的诗意。

正如我们反复强调的那样，工业文明和现代化，在带来丰裕的物质回馈的同时，也破坏乃至毁灭了固有的生态文明样态，自然的温情为冰冷的机械所打破，人的灵性沉沦，被塞满了种种欲望的贪婪，物奴于人，人役于欲，又哪里还有片刻的宁静与惬意可言？

自近代以来，从荷尔德林的“人，诗意地栖居于大地”到海德格尔提出的诗性存在，再到保罗·策兰动情地吟唱“那是春天，树木发现了他们的鸟”，一大批西方现代诗人、哲学家都试图重新寻回那被现代文明所遮蔽的朴素诗乡。米沃什所继续的，正是这一诗性回归的精神传统。诗尽于此，幸福的愉悦、返璞归真后的充盈已跃然纸上，诗人却并不满足于此，将幸福之轻盈，引向了普通人难以承受的生命和历史之重。如果说保罗·策兰的写作，回应的是奥斯维辛之后，诗歌存在的可能；那么，米沃什则试图回答这样一个问题：在经历了巨大的苦难之后，我们该如何重新获得幸福的体验？

参加过二战反纳粹暴政地下运动，“冷战”时期，又因政治原因流亡到法国，最终在美国定居。按照世俗的标准，这样一个颠沛流离、饱经磨难的老头儿，大概是和幸福绝缘的。可诗人却说，他依然能看到象征幸福、自由的蓝色大海，他靠什么对抗那些沉重的历史记忆呢？

“不管我曾遭受过什么样的苦难，我都忘了。 想到我曾是那同样的人并不使我难受。 我身体上没感到疼。”读到这样的诗句，再联想到诗人所亲眼见证的纳粹暴力，所亲历的苦难流亡岁月，我们不得不惊叹他心胸的宽广。有多少人沉沦于苦难而不可自拔，又有多少人一辈子都无法走出暴力、伤害的阴影，背负着历史的巨枷而不堪重负，只有真正的诗人，血色磨难仍不改赤子之心。幸福的体验有很多种，但所有的幸福，都指涉自由，有行走的自由、物质的自由、情欲的自由，但最高层次的幸福乃来源于心灵的自由。当一个人的心灵，能不为物役、不为欲塞、不为历史的阴影所笼罩、不为曾经的暴力和苦难所摧残，又有什么力量能阻挡他对幸福的探求呢？

“挺起身来，我看见蓝色的大海和帆”，在经历了种种和解——自然的和解、人的和解、历史的和解之后，这颗羸弱又异常坚硬的诗心，终于笼罩着幸福的光晕了。曾遍选过庄子、王维等的诗作，又在回忆录里收入对佛教词条的阐释，在那些黑暗的岁月里，米沃什曾借助庄禅智慧抚慰心灵。《礼物》这首小诗的最后一句，更让人对异质文化的可能碰撞浮想联翩。“采菊东篱下，悠然见南山”，米沃什所见的是海，是帆，是自由，是宁静的祥和，这与陶渊明的“南山一望”，精神旨趣何其相似，而“我”从雾散鸟鸣花开的寻常之景中，彻悟幸福的真谛，又不能不让人想起“一花一世界”的观物智慧了。

唐朝禅师青原惟信说：“老僧三十年前未参禅时，见山是山，见水是水。及至后来，亲见知识，有个入处，见山不是山，见水不是水。而今得个休歇处，依前见山只是山，见水只是水。”寥寥数语，却勘破了人生滋味。若以山水的“物障”喻苦难的精神历练，米沃什的这首《礼物》何尝没有这种智慧？年轻时经历种种忧患，苦难就是苦难，沉重得很；到了后来，有治愈、有刻意的遗忘，苦难似乎就不是苦难；到最后，

“我”于物不求占有，于人没有丝毫妒忌，于苦难呢？它依然存在，也无法被刻意地回避，但过去的苦难于我，只是流云舒卷，云散雾消，无疼痛、无记忆的执着，“我”心终于超脱于苦难之外，可静看海影片帆和观海听涛了。

东西文章，宇宙诗心，米沃什诗笔所触，乃揭示“如此幸福”的真谛，而庄禅哲学里，不是也有幸福启悟的吉光片羽吗？这首诗名叫《礼物》，短章碎语，这既是流亡诗人向命运和历史的一份心灵“献礼”，又何尝不是中西文化浓缩了幸福意义的诗化馈赠呢？

理想之光

朋友，坚定地相信未来吧，
相信不屈不挠的努力，
相信战胜死亡的年轻，
相信未来，热爱生命。

——食指《相信未来》

·名家检索·

食指，本名郭路生（1948—　），山东鱼台人，当代著名诗人、新诗潮的代表人物。食指在“文革”时期创作的名作如《相信未来》《这是四点零八分的北京》等曾以手抄本形式流传，对后来的朦胧诗人影响很大。他的风格朴实凝重而深刻，也有极强的抒情性，被认为开启了“一代诗风”，曾获“人民文学奖”等奖项。代表作有诗集《相信未来》《食指的诗》等。

20世纪80年代初，诗歌在大学校园里风靡一时，流行程度直追90年代的港台音乐、今日的偶像“天团”。笔者虽是学医，又求学于湖湘一隅，文化开放程度自不及沿海大城市，但“诗风”炽热之下，也曾是缪斯铁杆的粉丝，经常穿梭于各类文学沙龙。当时，一有诗歌朗诵的活动，食指的这首《相信未来》总是最“火爆”的必选篇目。

“当蜘蛛网无情地查封了我的炉台，当灰烬的余烟叹息着贫困的悲哀，我依然固执地铺平失望的灰烬，用美丽的雪花写下：相信未来。”多少个夜晚，我们聚集在宿舍、广场，在简陋的舞台和路边的酒馆迎风而唱。激动人心的诗句、杯中的浊酒、眼含的热泪，青春的气息扑面而来，理想的光芒把混沌而庸常的日子照耀。更多的时候，是独自拧开昏黄的台灯，翻开洁白的笔记本，郑重地抄录下滚烫的诗行：“当我的紫葡萄，化为深秋的露水，当我的鲜花依偎在别人的情怀，我依然固执地用凝霜的枯藤，在凄凉的大地上写下：相信未来……”

我不是诗人，也没有过于高深的文学理论，但从大学毕业至今，无论工作再忙、琐事再多，都会抽出时间读诗、抄诗、默诵那些分行的梵婀玲般的美丽旋律。诗，贯穿了我从青年到中年的岁月历程，已成为我精神生活中最密不可分的伴侣。而初次叩开我诗梦心扉的诗人，是食指；第一次感动我的当代诗歌，正是这首《相信未来》。

这些年来，中外的诗歌名篇也算读了不少，如果单论诗歌的技巧，食指的这首诗，并算不上特别出众，有些地方甚至还有些粗糙的硬伤。比如，诗贵含蓄，这首诗结尾的咏叹却有点口号宣泄的味道："朋友，坚定地相信未来吧，相信不屈不挠的努力，相信战胜死亡的年轻，相信未来，热爱生命。"再比如，抒情诗要讲究意境，要寄情于物、情境交融，可《相信未来》的中间几句，没有丝毫物象的组合，纯是直抒胸臆的"说话"口吻："我坚信人们对于我们的脊骨，那无数次的探索、迷途、失败和成功，一定会给予热情、客观、公正的评定，是的，我焦急地等待着他们的评定。"一首诗艺上并不完全成熟的诗歌，却曾感动了无数像我一样的一代人，甚至被誉为"知情的诗魂"，它究竟魅力何在呢？"

陆机的《文赋》曾说："诗缘情而绮靡。"根据我的读诗经验，当代诗歌里，绮靡之作并不少，而真正缘情、有情，读了能让人动情的却很少。《相信未来》不以境胜，不以绮靡胜，乃是以情而胜！诗写于1968年，那正是中国社会最动荡、人们情绪最灰暗、美好人性最受压抑的年月。经历过那场浩劫的人都知道，那时哪有什么未来和前途可言？可食指——当年刚满二十岁的青年诗人，却如此坚毅地提出"相信未来"。一连串密集的排比，读起来如山呼海啸，激情不可阻挡；一系列的对比，指向的，又是光明的理想：一面是布满蜘蛛网的炉台、灰烬的余烟、凄凉的大地，一面却是美丽的雪花、紫葡萄和鲜花……这首诗是有相当张力的，这张力，从语言上的对比，延展到了理想与现实、此刻与未来之间的矛盾与冲突，而身处其中的"我"依然摇曳笔杆，"用孩子笔体"写下：相信未来。

"我"是浪漫天真的诗人，是纯真的理想主义者，但天真并不意味着对现实的无知，纯真也更不等同于思想上的幼稚。“我”相信未来，是基于对历史理性的坚定信念。我相信这种理性，她“有拨开历史风尘的睫毛，她有看透岁月的篇章”，正是这种信念的支撑，使“我”的理想不虚妄，“我”的抒情不浮华，“相信未来”才有了直抵人心的力量。诗性的语言，所指向的，是理性的逻辑，是历史的反思。这种情，也就超脱了一般落魄青年们无病呻吟的滥情，这首诗，更有了穿越时代剧变的隽永与深刻。

可惜的是，诗的作者食指，也就是郭路生，多年来却饱受精神分裂之苦，待在北京郊区的福利院。2002年，我偶然看到了诗人离开福利院回家的新闻，心头一震，当年的诗情岁月历历在目，而诗人已老，我也步入了诗兴阑珊的中年。记得诗人曾说，“我的诗是一面窗户，是窗含西岭千秋雪”。他是有艺术抱负的，他相信自己的诗歌可以不朽，如同他在万马齐喑的岁月里高呼“相信未来”一样。

时间的洪流里，多少文本的肉身转瞬即灭，而食指和他的这首《相信未来》却从未被忘记，一直被吟唱：它曾以手抄本的形式在知识青年中秘密流传，20世纪70年代末发表后，更成为一代人的精神指引。今天的青年们读它，依然不会陌生，仍旧备感振奋——哪怕是在这诗人远去、诗情消散、诗意匮乏的消费主义时代。

灵魂的颤栗

把灵魂朝向这一切吧，诗人
这是苦难，是从心底升起的最高律令
不是苦难，是你最终承担起的这些
仍无可阻止地，前来寻找我们

——王家新《帕斯捷尔纳克》

·名家检索·

王家新，当代著名诗人。1957年生于湖北省丹江口市，1978年考入武汉大学中文系，大学期间开始发表诗作。曾任《诗刊》编辑，现为中国人民大学教授。他的诗风沉郁，闪耀着理想主义的光芒，是20世纪90年代以来知识分子写作的代表性诗人。代表作有诗歌《瓦雷金诺叙事曲》《帕斯捷尔纳克》，译著《保罗·策兰诗文集》等。

2013年3月，习近平主席在莫斯科国际关系学院发表演讲时，谈到了自己的俄罗斯文学情结。普希金、莱蒙托夫、屠格涅夫、陀思妥耶夫斯基、托尔斯泰、契诃夫……“习大大”的这份书单，也唤醒了许多50后、60后难忘的青春阅读记忆。

俄罗斯文学，一座群星闪耀的艺术殿堂，普希金的诗韵、契诃夫的山羊胡，曾和列宾的油画、《喀秋莎》的歌声一起，激动着我们这代人年轻的灵魂。许多个夜晚，我们围坐在一起，谈论着安娜·卡列尼娜的人生悲剧，吟唱着叶赛宁天籁般的咏物诗，更仿佛看见莱蒙托夫笔下的那只孤独前行的帆船正穿过夜雾，向我们靠近……

我印象里的俄罗斯文学，最鲜明的精神气质就是厚重。很少有一个民族的文学，像它这样，以密集的长篇巨制，轰响如黄钟大吕：托尔斯泰的《战争与和平》、肖洛霍夫的《静静的顿河》、帕斯捷尔纳克的《日瓦戈医生》、陀思妥耶夫斯基的《卡拉马佐夫兄弟》……哪一部不是正面强攻现实的硬作、展示社会历史画卷的史诗？也很少有一个国家的诗人、作家，曾在19、20世纪遭遇了一连串的政治迫害、流亡、贫困和死亡的苦难后，仍有勇气执着地书写着“人类的良心”：女诗人阿赫玛托娃，“十月革命”后被迫陷入沉默，依然隐秘地写诗，怀念着但丁；和阿赫玛托娃同为“阿克梅诗派”的大诗人曼杰施塔姆，他的生活很惨，多次入狱、流亡，最后死于远东地区的一个转运营，却动情地说：“我很早就爱上了贫穷和孤独”；20世纪最著名的“流亡诗人”布罗茨基，回忆说“猛嚼流亡的面包，它走味又多瘤”，喉咙被“塞满棕色黏土”，涌出的诗歌，“仍只是感激”……面对这样一颗颗饱经沧桑的博大诗心，这一串令人敬仰的名字，我们除了感动和致敬之外，又还能说些什么呢？——不错，诗是一种语言技巧，却是一种高贵的技巧，没有了高贵的精神气质，没有了诗，我们又靠什么抵御坚硬的现实呢？

当代诗人王家新的这首《帕斯捷尔纳克》，表面是和一位俄罗斯作家的精神对话，其实致敬的，乃是整个俄罗斯文学的光辉传统。1958年，帕斯捷尔纳克以《日瓦戈医生》获得诺贝尔文学奖，受到了当局的严厉批判，两年后，含恨逝世。“终于能按照自己的内心写作了/却不能按一个人的内心生活/这是我们共同的悲剧/你的嘴角更加缄默”，这是王家新对帕斯捷尔纳克和整个俄罗斯作家群悲剧命运的写照。诗人们以巨大的勇气和意志，承受着“命运的秘密”、时代的苦难，诗是他们唯一能依靠的精神武器。缪斯的召唤、艺术的慰藉，也帮助他们走出了个人命运的泥淖，走向了更为宽广的博爱心灵。“那北方牲畜眼中的泪光 / 在风中燃烧的枫叶 / 人民胃中的黑暗、饥饿，我怎能/撇开这一切来谈论我自己？”

这句诗，笔力千钧，读来真有惊心动魄的感受。文学史上，有关“艺术和现实”关系的争论由来已久。跳出沉重的现实，吟风弄月之笔，固然也能成就一番锦绣的华丽，但能以诗人的文弱之躯，承担历史书写的责任，并将这种责任，以审美的方式和诗性的语言呈现出来，这就更加难能可贵，也更凸显了文学独有的精神品格。遗憾的是，这样大气磅礴的文学格局、如此伟岸光明的诗人形象却正离我们越来越远，诗歌的历史文化重量，也逐渐被稀释、淡化，甚至走向浅薄与平庸。

罗曼·罗兰在《名人传》里高呼：“打开窗子吧！……呼吸一下英雄们的气息！”诗人王家新也期待借助对帕斯捷尔纳克的重读，寻回文学的价值、诗人的尊严。“我在北京的轰然泥泞的／公共汽车上读你的诗”，“从一次次劫难里你找到我／检验我，使我的生命骤然疼痛”。诗里的“你”是以帕斯捷尔纳克为代表的俄罗斯诗人，“我”则是苦苦寻觅精神方向的文学青年。这首诗写于20世纪90年代，商品经济大潮初涌，理想主义热浪消退，现代化所带来的行为物质化、灵魂空心化、思考平庸化、消费娱乐化等精神隐患开始密集地暴露出来，传统的文学写作也面临着市场化的冲击。在此背景下，王家新阅读俄罗斯诗人的作品，探寻诗人们苦难跋涉的精神足迹，激荡的传统与死水微澜的现实形成了强烈的反差。这种反差，让诗人陷入了反思、自责甚至忏悔之中，“而我们，又怎配走到你的墓前？”

王家新的诗，总是闪烁着浓厚的理想主义情怀，也总像一根鱼刺般扎痛着我们这时代的神经。90年代，他怀念帕斯捷尔纳克，怀念俄罗斯，后来，又着手翻译和推荐另一位更加痛苦决绝的德国诗人保罗·策兰。在文学氛围日渐示弱、诗人写作越来越小众的今天，这一番努力，真像是唐吉诃德，孤独地被碾压于消费时代的滚滚车轮之下了。

不少人对王家新的“情怀”不解，甚至感到“反胃”，我也好奇，他何以竟如此执着地把理想主义唱响到底？后来翻检其人简历，50年代末生人，当过知青下过乡，也是恢复高考后的首批大学生。哦，原来和我辈履历相似，难怪对俄罗斯文学情有独钟，也难怪无法割舍理想主义的情结，那可是我们整整一代人的精神底色啊！

如此说来，“迂阔”的诗人，只是不忘初心、继续前行罢了，而真正应该汗颜的，倒是与理想脱敏、与诗歌绝缘太久之辈。“这是你目光中的忧伤、探寻和质问／钟声一样，压迫着我的灵魂／这是痛苦，是幸福，要说出它／需要以冰雪来充满我的一生”。这是《帕斯捷尔纳克》一诗的结尾，“我”遭遇伟大灵魂时心灵颤栗的流露，也是一个诗人面对另一个前辈诗人时灵魂深处的共鸣。我不是诗人，但作为一个喜欢读诗、追求诗美的诗歌爱好者，这些年来，每读到一首有精神分量和艺术含金量的好诗，也有同样的感受：诗歌很轻，也很重。轻盈的，是体式，是语言，是玲珑精致的结构；持重的，则是不曾泯灭的理想、未尝舍弃的承担，以及穿越苦难而升腾的心灵律令。作为缪斯最真诚的粉丝，我希望，当代诗人能再多一些像王家新这样“迂拙”的坚守，少几分虚浮的“飘逸”吧。

“一个伟大的时代更需要伟大的民族精神”，“不忘初心，方得始终”。

第七章 传统与先锋

《归源知自性　自性即如来》　徐维

萤虫之光

一只萤火虫，将世界
从黑海里捞起——
只要眼前有萤火虫半只，你我
就没有痛哭和自缢的权利

——周梦蝶《四句偈》

·名家检索·

周梦蝶（1920—2014），台湾著名诗人。1952年开始发表诗作，加入蓝星诗社，与余光中、商禽等一起，是台湾现代文学运动的代表性诗人，对台湾现代文学发展影响深远。代表作有诗集《孤独国》《还魂草》《十三朵白菊花》《约会》和《有一种鸟或人》。

记得近年有了热游台北，游客都会一股脑儿往101大厦跑，欲亲睹昔日世界第一摩天大楼的风光，其实一睹武昌街风情，寻觅一位诗人的遗踪是蛮有意义的。

武昌街是台北出了名的“电影街”，文艺范儿十足。20世纪六七十年代，武昌街的骑楼下，经常能看到一位清瘦的中年男子在摆书摊。与别处书摊不同，这售书的男子很少大声吆喝，只是手持一卷，静静地坐在角落，有时也在阳光下闭目枯想。书摊很小，所售之书总共也就四百余册，却专售现代文学和佛学经典，甚至还有当时在台湾未曾解禁的鲁迅、巴金的作品。更难得的是，这颇为奇异的小书摊，自1959年开始，竟二十一年风雨不辍，成为武昌街上一道流动的人文风景线，许多台北乃至各地的文学青年、诗人作家也都慕名而来，由于书摊就在武昌街“明星咖啡屋”楼下，又被誉为台湾现代文学的“明日之约”。1989年明星咖啡屋谢幕，原以为号称“台湾现代文学永远地标”的传奇篇章，就此淡出台北人的记忆，但曾经拥有过的美好，依旧在人们心里闪闪发光。2004年5月，明星咖啡屋在众人期待下复活，重现文学地标风貌，让文学故事一代代延续下去。

而书摊的主人，正是从五六十年代就“技惊四座”的传奇诗人周梦蝶。周梦蝶的本名叫周起述，改后的名字取自《庄子·齐物论》“庄周梦蝶”的典故。庄周曾梦见自己变成蝴蝶，非常生动逼真。他感到愉快和惬意，突然间醒过来，惊惶不定之间，方知梦中之蝶，原来是我“庄周”。可不知是庄周梦中变成了蝴蝶呢，还是蝴蝶梦中变成了庄周。而庄周与蝴蝶，必定是有分别的，这就叫物与我的交合与变化。诗人以“庄之蝶”自况，诗文更深受中国古典文学庄禅一脉的影响。

比如《九月》一诗，诗人侧身于现代都市的滚滚洪流，却和陶渊明“隔空对话”，欲造访南山、寻觅桃花源：“许久没有访问南山了，那浓浓的冷香该早已将东篱染黄了吧。”隐逸的玄想流露于笔端。到了《行到水穷处》，已全然化用王维“行到水穷处，坐看云起时”的意境，由魏晋风度而入禅定：“行到水穷处，不见穷，不见水——却有一片幽香，冷冷在目，在耳，在衣。”古典的幽香，以一种“全息”的方式扑面而来，目之所见，耳之所闻，衣之所触，尽是一片清冷的孤寂，可谁又能说，孤寂之中，没有包孕着钧然的天机与生意呢？

周梦蝶是遗腹子，后来又在大时代的动荡中离乡、参军、赴台，早年失怙，中年丧妻，晚年又遭受了丧子的大痛，他的生活异样清苦，很长时间里，仅以书摊所得勉力维系生计。从世俗角度看，这是时代巨变里，一个典型的悲剧人物。诗人自己也说，他的诗歌创作，只是为了在艰苦的岁月里，申发“胸中积郁”，所以早年的诗作，像诗集《孤独国》的作品，就难免流露出孤独与凄清之意。

“孤独国”是诗人理想的寂寞天地，这里没有喧嚣的市声，“只有时间嚼着时间的反刍的微响”，而园中仅有的，是曼陀罗花、橄榄树和玉蝴蝶，是“一团浑浑莽莽沉默的吞吐的力”，诗人汲取释、道两家的思想智慧，构建起了一座孤绝的精神王国，这种孤绝深处的灵魂自由，甚至突破了时间的限制，“我是现在的仆臣，也是帝皇”。

早年的周梦蝶，显然期待着绝对意义上的“逍遥游”和解脱。但毕竟是置身于滚滚红尘中的肉身，又怎能完全挣脱烦恼与欲望？随着阅历的加深，特别是在历经常人难以想象的苦难淬火之后，诗人从追求宁静孤绝之美，走向了悲欣交集的圆融、闲旷洒脱的野趣。中晚年后，他写下了一系列于“空中见色”、从日常处悟禅机、往孤寂里求生趣的禅诗、咏物诗。在诗人笔下，墙角的牵牛花，盛开时有“如雷之寂静”，“水质的莲胎”里孕育着“心定”的智慧，而夏夜萤虫的微光呢，可以照亮的，乃是整个混沌的世界了。

偈是佛教里的唱词，四句偈，则指由四句所成之偈颂。单看诗题，这首四句小诗，似乎纯是一派佛法的庄严，而细读之下，以萤火照亮黑暗，固然有大乘佛法普度众生之苦的宏愿，“只要眼前有萤火虫半只，你我就没有痛哭和自缢的权利”一句，则更兼儒者的深情，有一种清朗刚健、直面苦难的力量。“以出世的情怀做入世的事情”，诗人的书写，历数十年而风雨不辍，久经层层苦痛的浸染而愈发深彻悲悯，这种坚持，显然不是纯粹的浪漫诗情所能支撑的。斑斑墨迹的背后，站立的是由中国优秀古典文化所培育滋养的光辉人格：儒的执着深情，道的参合天地的智慧，释家特别是禅宗直抵心性的澄明与救赎。从这个意义上说，我们读周梦蝶，何尝不是在解读中国古典文化的现代精神标本呢？

台北武昌街，那曾经热闹一时的书摊早已不在，一代传奇的诗人也终离我们远去，唯有风雨斑驳的骑楼静默于现代都市的喧嚣。阅读相关报道和查阅相关资料后，我一边重读周梦蝶的诗，一边看了一则有关台湾诗人的纪录片。片中有诗人留下的一段影像：清晨，已过九旬高龄的周梦蝶梳理齐整后出门，他戴着小帽，手持雨伞为杖，穿过台北的大街小巷，登上了高速行驶的地铁。诗人寂寞，端坐于地铁一角，人潮汹涌，渐渐将他的背影遮没。望着这一幕，我的眼眶有些湿润，我想起了曾经捧读过的一本名著《美学散步》。书的作者叫宗白华，一代美学宗师。据说，20世纪六七十年代，他也曾经常戴着小帽，持一柄拄拐出行，在北京的公交车上凝思审美和艺术。大师远去，而背影依稀，值得我们这些热爱美、追求美，心怀诗想、苦寻诗意的后辈永远铭记！

诗韵遗响

钟整个大陆的爱在一只苦瓜
皮靴踩过，马蹄踏过
重吨战车的履带辗过
一丝伤痕也不曾留下

——余光中《白玉苦瓜——故宫博物院藏》

·名家检索·

余光中（1928— ），出生于南京，毕业于台湾大学外文系，美国爱荷华大学艺术硕士。先后任教台湾东吴大学、台湾师范大学、台湾大学、台湾政治大学，是中国当代著名诗人，台湾现代诗歌运动的奠基人物，也是著名的散文家、文学批评家、翻译家。他创作的《乡愁》曾传遍华语诗坛，影响了几代读者。诗歌代表作有《白玉苦瓜》（诗集），并出版多部散文和评论集。

大概是五年前吧，我冒雨参加一场余光中先生的文学讲座。本以为余氏的诗文，老派文人的古典范儿，又浸染着国家民族的百年忧患，“粉丝”应该多是和我一样有点阅历的中年人，可到现场，黑压压一片竟有不少80后，可谓“站无虚席”，学子争睹“乡愁老人”。那日讲座，羊城暴雨如注，余先生入场时，华发间还能看到细微雨粒晶莹的闪亮。屋外雨声轰响，室内的年轻人，都不约而同地齐诵起诗人的那首《乡愁》：“小时候，乡愁是一枚小小的邮票，我在这头，母亲在那头……”冷雨敲窗，而诗情酣热，鬓如霜雪的诗翁，年轻人青涩的脸庞，还有我这样沧桑初现的中年寻诗客，就这样在古老悠扬的诗韵起伏里，隔着三代人的时光，遥相互望。

和多数读者一样，我初次接触余光中这个名字，也是从《乡愁》这首短诗开始的，而真正走进其文学世界，则是在20世纪90年代的“散文热”。当时“爆红”的散文名家里，最有代表性的就是“二余”——大陆的余秋雨，以《文化苦旅》《山居笔记》这类“文化散文”走红；台湾的余光中呢，则以绵密细致的笔法，勾勒百年沉浮的往事，要为古典诗魂寻根，《听听那冷雨》《我的四个假想敌》等名篇更是传诵一时。

“二余”的书，我家的书柜上都有。《文化苦旅》的纸页已有些发黄，此书风靡之时，经常有书友前来借读，几经转阅，书角都有些磨损。余光中的散文集版本很多，我独钟意那本叫《左手的掌纹》的选集，装帧精美，封面绘图上的重叠掌印，至今仍清晰可见。“二余”的散文，都可称“美文”，也都有些“刻意为文”的痕迹，但余秋雨的人为斧凿更重些，且有抒情过重、议论过浮、文法中西杂糅的毛病，读多了，总感觉如老妇强抹浓脂般的艳俗。余光中的苦心“作文”呢，流溢于华彩间的，是深厚的中西文学底蕴，恰南朝女子的淡妆，总是更加相宜些吧。

余光中自况是“右手写诗，左手写文”，无论诗文，“余体”的辞藻都是雅致的，情调都是复古的，气象里，都弥漫着老派文人的氤氲。像《乡愁》这样辞浅意切、民歌风味的通俗之作，在余光中的作品里其实很少，他的创作，多数更接近于“雅文化”的范畴——总是能娴熟地调动起古典文学的表意、声色和节奏等元素，如工笔细描般精致展示着汉语的丰赡之美。用他自己的话说，就是“把中国文字压缩、锤扁、磨利，把它拆开又拼拢，折来且叠去，为了试验它的速度、密度和弹性”。

作于1974年的《白玉苦瓜》，正是诗人从语言魔炉里反复锤炼而得的一颗明珠。“白玉苦瓜”本是故宫博物院的一件藏品，诗人隔着橱窗而望，实体的苦瓜，由玉琢而成，此刻，已显现“日磨月磋琢出深孕的清莹”。“茎须缭绕，叶掌抚抱”的白玉苦瓜在诗人笔下，俨然已是中国古典文化的象征。是“古中国喂了又喂的乳汁”滋育着它，又经过了一重重的历史考验，“皮靴踩过，马蹄踏过／重吨战车的履带辗过／一丝伤痕也不曾留”，这枚苦瓜，最终“熟着”，成为一个“自足的宇宙下”。苦瓜的生长成熟历程，何尝不是中国文化发展的一个缩影？从实体的“苦瓜”，一步步升华、凝结成文化结晶的硕果，这种由实入虚、以物寄思的笔法，不正衔接了古典咏物诗的写作传统吗?

更妙的是，反复诵读之下，我竟发现，《白玉苦瓜》是一首精致的回文诗，完全可以以句为单位回文而读。回文，是汉语特有的一种以词序回环往复的修辞方法，文体上又称之为“回文体”。通俗地说，就是一首诗，顺着诗序往下读，美；从最后一句“逆向而读”，妙！比如古代著名的《回文旋图诗》：“开篷一棹远溪流，走上烟花踏径游。来客仙亭闲伴鹤，泛舟渔浦满飞鸥。台映碧泉寒井冷，月明孤寺古林幽。回望四山观落日，偎林傍水绿悠悠。”顺读之下，一派鱼樵之思，野游意趣，倒着读呢，就是：“悠悠绿水傍林偎，日落观山四望回。幽林古寺孤明月，冷井寒泉碧映台。鸥飞满浦渔舟泛，鹤伴闲亭仙客来。游径踏花烟上走，流溪远棹一篷开。”诗句衔接顺畅，而且意境风韵，与原作竟丝毫不差!

中国古典诗歌，因为其严格的字数和音韵限制，适合于回文的铺设与组织，而到了现代诗体，既须兼顾现代汉语的语意和声韵特征，又要施以“古法”，确乎更费匠心。《白玉苦瓜》之所以能回文而读，除了倒装语序的大量使用（如“饱满而不虞腐烂，一只仙果不产生在仙山，产在人间”即是倒装，回文后为正常语序：“产在人间，不产生在仙山，一只仙果，饱满而不虞腐烂”）、咏物诗虚实相生的圆融结构之外，更重要的原因，是诗人对古典诗歌音韵之美的传承。

我国古代诗歌的发展，始终与音乐艺术密不可分。《诗经》里的《国风》，本来就是民间歌谣采集而来，《楚辞》更以楚地特有的语言音律为创作要素，屈原诗歌里满篇的“兮”

字，就是借楚地音律实现诗歌节奏的再创造。汉代学者毛亨为《诗经》所作的《大序》里也写道：“情动于中而行于言，言之不足，故嗟叹之；嗟叹之不足，故咏歌之；咏歌之不足，不知手之舞之足之蹈之。”这里的“嗟叹”与“咏歌”即是诗兴的发酵。遗憾的是，古典诗歌的音韵节奏之美，却被一些现当代诗人以诗体的自由与创新之名，决绝地抛弃了。很多读者觉得新诗不可读、读不懂，便有音韵失谐、支离破碎的原因。而余光中所致力赓续和复兴的，正是这失声已久的诗国遗韵。

细读诗人的作品，随处可聆听繁密音响的交织。《乡愁》里的回章叠唱，脱口吟来，便是一曲民谣。《白玉苦瓜》的诗行，更是伴随着声韵的起伏跌宕。“似醒似睡，缓缓的柔光里／似悠悠醒自千年的大寐／一只瓜从从容容在成熟”，诗一开头，就连用“睡”“寐”“熟”等字音的连绵做韵，后来又转为“随”“报”“交”等多韵，读来自是朗朗上口，如咳珠吐玉，回文后，诗文不觉生涩，更显圆润与流畅，也正得益于此。

记得古人论诗，常有品第评比的风雅，钟嵘的《诗品》，论汉魏诗人有上中下三品，唐代的诗僧皎然则认为，诗品以“高”“逸”为首。参照此例，我也姑妄评之，像《白玉苦瓜》这样融合了形、声、意三美的作品，在当代诗歌里，应该堪称“神品”！这个“神”不仅是诗艺层面的，更直追古典文学传统之根。余光中说“我的血系里有一条黄河的支流”，我辈寻诗客，何尝不痴情如此呢？

文本的诱惑

只要想起一生中后悔的事
梅花便落了下来
比如看她游泳到河的另一岸
比如登上一株松木梯子
危险的事固然美丽
不如看她骑马归来
面颊温暖
羞涩。低下头，回答着皇帝
一面镜子永远等候她
让她坐到镜中常坐的地方
望着窗外，只要想起一生中后悔的事
梅花便落满了南山

——张枣《镜中》

·名家检索·

张枣（1962—2010），湖南长沙人，当代著名诗人、学者、翻译家，也是朦胧诗以来最重要的汉诗写作者之一。德国特里尔大学文哲博士，后在图宾根大学任教，归国后曾任教于河南大学、中央民族大学。代表作品有《春秋来信》《张枣的诗》《张枣随笔选》等。

老家门前有一株老梅。雪日的黄昏，梅花纷纷洒洒，落了一地，我细赏白梅，有时也和文友沽一壶清酒，酒酣耳热之际，不禁想起当代诗人张枣那流传甚广的名句：“只要想起一生中后悔的事，梅花便落了下来。”

张枣的这首《镜中》，究竟有多美？据说，有多情的南方诗人读罢之后，竟对着茫茫镜像跌坐长叹，为杰出诗人的早逝而悼亡。其实，早在1984年，这首小诗写完之后，诗人白桦就曾预言此诗必红遍大江南北，张枣在一旁疑惑而惊讶，因为在他自己眼里，《镜中》还并不是诗艺最完美的作品。

2010年，张枣去世，哀荣忽至，《镜中》一诗，也真如预言那样“爆红”，只是美则美矣，这首诗到底美在何处，却又成了一桩“探诗”的悬案。

梅落南山、骑马归来的女子、虚幻而迷离的镜像……习惯于追问诗“写了什么”的读者恐怕又得失望了，精致优美的意象一路密集扑来，却说不清这些意象究竟想表达些什么。而一拨号称受过西方现代诗歌技巧训练的专业人士，则围绕全诗飘忽不定的人称“探案”。诗的上半段，是“我”在悔意中追忆一名女子，眼看一首古典的爱情诗就要呼之欲出，诗人突然半路“变法”，插入了女子低头回答“皇帝”的桥段，“剧情”陡转，要滑向宫廷闺怨了。可诗的末尾，又陷一片混沌，“望着窗外”，看梅落南山而又心生悔意的，到底是谁呢？有细心的诗人读者条分缕析，竟将诗中可能的人物关系组合列出了十多种，并以此人物编码逐一寻解。只是，拿这种逻辑严密、强调科学实证的西方现代文学“舶来品”，来解读素以空灵之境取胜的中国诗歌，会不会因用力过猛而水土不服呢？

张枣长期留德，受里尔克等德语现代诗人影响，这不假；《镜中》这首诗，写作手法运用了戏剧化等现代派诗歌技巧，也是事实。可张枣的这首诗，抒情底色仍是中国的、传统的，意象营造更富古典韵味。开头一句，将“后悔”这种情绪，形象地表现为梅花缓缓落下的轻柔画面；抽思织棉的精致笔法，承接的是中国文学“诗画相合”的审美传统；写女子的情欲和性感之美，“比如看她游泳到河的另一岸”，正脱胎于《诗经·周南》里的汉水之恋：“汉之广矣，不可泳思；江之永矣，不可方思。”而梅落南山里的“南山”，毫无疑问，就是陶渊明“采菊东篱下，悠然见南山”里虚指的文化地标了……如此饶有“中国风”的精美小诗，若以纯逻辑性的思路读之，真是要韵味全失了！

“诗无达诂”，我国的传统诗歌批评，是印象的，而非刻板的模仿；是审美的，而非理性的推演；是拈花微笑的会意，而不是强求己意的实证。这种品鉴的方法，虽无精确的衡量标准，却能在最大程度上接近诗歌含混、驳杂的幽微面貌。《庄子》里有“象罔得珠”的故事，黄帝命“知”“离朱”“吃诟”“象罔”四人取遗落的玄珠，最终得珠的，乃是无思虑、无明目、无言辩，若有形若无形的“象罔”。艺术世界的探珠取骊，又何尝不是以混沌朦胧、难以理性割裂的气象取胜？宋代严羽的《沧浪诗话》里也说，代表我国古典诗歌最高艺术成就的盛唐之诗，是“羚羊挂角，无迹可求。故其妙处透彻玲珑不可凑泊，如空中之音、相中之色、水中之月、镜中之象，言有尽而意无穷”。可见，诗贵空灵，贵以虚生实，不是简单的逻辑分析所能欣赏的。

以这种印象审美的“古法”来看，张枣的这首《镜中》，细心铺陈的意象组合，真正目的，不是为了讲述一个具体的故事、传达一种理念，而侧重整体意绪和氛围的营造：种种追忆、万般情欲，以及发生在“我”“女子”与“皇帝”之间可能的人事纠葛，都化于如花落、似水流的镜中之像，成为一片空灵虚幻的美罢了。那些无法确切指明的人，他所感到“后悔”的，正是这美的消逝，是对那一丝渺然诗意可望、可即而不可得的失落与惆怅，而这种诗意难寻、诗美易碎的悔意，乃是永恒而普遍的精神匮乏。

张枣的这首诗，无论是意象的选择、语言的节奏，还是声响的搭配，如宋词里的小令，日本文学里的俳句，读来都是轻盈灵动的，颇符合意大利作家，也是本世纪最伟大小说家之一的卡尔维诺所说的“文学之轻”。有意思的是，此诗诞生的1984年，正是理想主义彰扬的时代，多数的诗人都走向了宏大的历史、潮涌的激情，偏居西南一隅的青年诗人张枣，却不合时宜地调制着言语精致的芬芳，成为另一种先锋写作的代表——谁说当代的风，不能“吹皱”那一池古典的春水，荡开层层诗意的涟漪呢？“我四处叩问神迹，只找到了偶然的东西。”这是诗人张枣的诗句。中山大学中文系教授谢有顺评价说：“这是一个对世界充满警觉的诗人，他对生活智慧的理解中又包含着对生活的抗辩，而且在语言的表达、意象的运用上极富创造性，有时还幽默而风趣。他的诗歌为当代的诗歌写作提供了新的向度和标高。”

回归大地

我有过寂寞的乡村生活
它形成了我生活中温柔的部分
每当厌倦的情绪来临
就会有一阵风为我解脱
至少我不那么无知
我知道粮食的由来
你看我怎样把清贫的日子过到底
并能从中体会到快乐
而早出晚归的习惯
捡起来还会像锄头那样顺手
只是我再也不能收获些什么
不能重复其中每一个细小的动作
这里永远怀有某种真实的悲哀
就像农民痛哭自己的庄稼

——韩东《温柔的部分》

· 名家检索 ·

韩东，当代著名诗人、作家，1961年5月生于南京。著有小说集《西天上》《我的柏拉图》《我们的身体》，长篇小说《扎根》《我和你》，诗集《吉祥的老虎》《爸爸在天上看我》，诗文集《交叉跑动》，散文《爱情力学》，访谈录《毛焰访谈录》等，其作品被译成多种文字。韩东是"第三代诗歌"的代表诗人，他的诗风和诗学主张对当代诗坛影响很大。

是在丙申年夏夜的莫愁湖畔，我游览六朝古都的遗迹，心底又默诵起南京诗人韩东的这首小诗。

南京这个地方，有虎踞龙盘的王气，有南朝风月的脂粉气，更有绵延千年的文气。古人多少兴亡之叹，都绕不开这座地标。唐朝咏史的大家刘禹锡有《金陵五题》传世，其中的第二首，更是连稚子孩童都能倒背如流："朱雀桥边野草花，乌衣巷口夕阳斜。旧时王谢堂前燕，飞入寻常百姓家。"到了现代，朱自清和俞平伯又留下了两篇同题散文《桨声灯影里的秦淮河》，一城之景而独享现代散文史上"双璧"的光辉，历史名城里能享受这份礼遇的，也就只有南京了。

20世纪80年代，诗歌风头正劲，韩东等成立了"他们诗派"，南京，又成为当代文学"第三代诗歌"运动的中心。乍听"第三代"之名，大有革故立新、标榜先锋的意思，其实，艺术的前卫和传统之间，本就没有明确的界限，又哪能如一块生铁，被刀劈斧凿、截然分开？先锋诗人们的不少主张，比如诗歌到语言为止，而语言要朴素、浅显，要从口语和日常生活里挖掘丰厚诗意，这和道家美学推崇的“道法自然”，和宋人所尚的“平淡清真”之美，不都是一脉相承、遥相呼应的吗？

以韩东写于1985年的这首《温柔的部分》为例，若去掉了作者先锋诗人的标签，你实在读不出丝毫奇炫耍酷的新潮，反倒像在品味一杯枝叶渐渐舒展的明前龙井，满是老道和古意的芬芳。这种古典的蕴藉，倒不是说语言的复古，而是情感的归真，是历代文人难以洗却的精神底色：田园的向往，隐逸的玄思，回归自然和大地的宿愿总是永夜难消，令人颇为惆怅。

“我有过寂寞的乡村生活，它形成了我生活中温柔的部分”，“文革”期间，韩东曾随父亲下放苏北农村，这一段乡村生活记忆，竟成为诗人难以割舍的情结。乡间的日子是寂寞而清贫的，也让少年的“我”有更多机会走进田间，感受泥土的气息和别样的野趣。笔者在考入大学之前，也曾有过一段惬意悠游的乡村岁月，“晨兴理荒秽，带月荷锄归”，在南方湿润的土地里，细听植物拔节生长的声响，看到浇灌着自己汗水的庄稼抽穗扬花，这种满满的幸福感，与自然万物拥抱相融的美妙，入城之后，是再难体会到了！

我与韩东都是60后，我们这辈人，亲历了中国的改革开放和现代化进程，现代化的成就固然令人欣喜，但城市病的泛滥、工业文明和市场经济对传统社会那种亲厚、淳朴人文关系的戕害乃至瓦解，也着实令人隐忧。“每当厌倦的情绪来临，就会有一阵风为我解脱”，这种对机械、刻板的都市生活的厌倦，我也有过，而何以解忧呢？就唯有自然的清风、乡土的怀恋了。

这些年来，我身边的一些朋友，在城市里待腻了、待烦了，就跑去郊外小憩，甚至就在自家院里搭棚种菜，“早出晚归的习惯，捡起来还会像锄头那样顺手”，可其中的生活意趣与情味，却早已被稀释，只是自欺欺人、矫揉造作罢了。农事的工具是廉价的，农村生活的形式也不难在城郊模仿，“只是我再也不能收获些什么，不能重复其中每一个细小的动作，这里永远怀有某种真实的悲哀，就像农民痛哭自己的庄稼”。韩东的这首小诗所揭示的痛楚，正是我们这个时代，我们这辈人共同的精神悲哀：农耕文明的社会形态早已被商品经济所取代，田园的想象也为物欲裹挟的车轮碾作粉尘。城市化和现代化，让我们的口袋鼓起来了，楼房高起来了，可心灵深处那朴素自然的最“温柔的部分”也被慢慢掏空了。

这就是“真实的悲哀”，是马克思所批判的“人的异化”，是精神性在丰裕物质性面前的集体匮乏，也是现代人难以逃脱的命运。我们不得不承认，现实情境的田园理想，是很难实现的，毕竟肉体凡胎，谁也无法彻底从复杂纠葛的实际利益中脱身。那么，现代人又该如何维系精神世界里“温柔的部分”呢？韩东的这首诗，已经告诉了我们答案——读诗吧，写诗吧，以诗的温情对抗现实世界的僵硬，用诗人的赤子之心，涤荡尘霾，拥抱大地，则一草一木皆有本心，一泉一露都无不澄明。

其实，这先锋诗人的诗情，又何尝不是古典诗心在现代社会的诠释呢？以陶渊明、苏东坡等为代表，中国古代的文人们无不在林泉与庙堂间徘徊、深思，苦苦寻觅并维系着精神的家园。这份源于自然又归于自然的真挚情怀，正是古典艺术的“泉眼”，是中国传统文化里最“温柔的部分”。韩东用朴实到近乎口语的告白，引领我们回到这一片温柔之地，“每当厌倦的情绪来临，就会有一阵风为我解脱”。愿此诗意的清风能伴你我长消烦忧，正如夏夜我在莫愁湖畔所感受到的无上清凉！

第八章

消费时代的诗

未有大师之前

边缘与中心

坚硬的冷光

诗性的弥散

《相依》 徐维

未有大师之前

从前的日色变得慢
车，马，邮件都慢
一生只够爱一个人

——木心《从前慢》

·诗人检索·

木心（1927—2011），出生于浙江桐乡乌镇东栅，本名孙璞，字仰中，号牧心，笔名木心。毕业于上海美术专科学校。1982年后定居纽约。现当代诗人、作家，出版有著作《素履之往》《诗经演》《文学回忆录》等多种。

2007年岁末，我在南方一座省会城市的书店买了几本木心的小书。其中的一本叫《素履之往》，名字比较古奥，我好不容易才想起来，书名来自《易经》。《易·履》：“初九：素履往，无咎。象曰：素履之往，独行愿也。”大概的意思是说，一个人以朴素坦白的态度行事，大概是没有什么过错的，翻开目录，章节的标题，什么“白马翰如”“丽泽兑乐”也都和《易经》的卦象有关。我一时好奇，很快就通读了一遍。这是一本艺术哲学随想笔记的小书，里面有些短句，读来倒是饶有兴味——“容易钟情的人，是无酒量的贪杯者”“爱情如雪，新雪丰美，残雪无奈”，但也止步于有趣而已。

木心的几本小书，我也曾随身携带，用于旅途困乏之际的休闲。直到木心走红，特别是在2011年去世后被尊为一代“文学大师”，我才有些惶然：自己对待“大师”的态度，是不是轻慢了些？若按上海文学批评家李劼《木心论》里的最新研究成果，木心“最出色的散文足以与《道德经》媲美。作为诗人的木心，乃中国的但丁，是一颗中国式文艺复兴的启明星”。而我竟将这字字珠玑之作，当作枕边读物，真是罪过不小呵！

在我的印象里，当代文学的作家、诗人，能配享个人论著的，似乎并不多，更何况，还是李劼这样的文化名家作传。可就算木心的创作水准再高，《木心论》里的溢美之辞，也终究太“骇人”了些：“木心毋庸置疑是天才，既是文学的天才，也是文化的天才。这样的天才在意大利叫作但丁，在英国叫作兰姆，在德国叫作尼采或者荷尔德林，在法国叫作蒙田或帕斯卡尔，在美国应该是爱默生加上梭罗！”记得习近平总书记还在文艺座谈会上忧思中国当代文学的“精神高原”太少，而我们竟已与但丁、屈原式的人物擦肩而过了?

据说，在海外，木心已经成为“现象级”的文化大师，画作被大英博物馆收藏，是20世纪的中国画家中第一位有作品被该馆收藏的，散文还与福克纳、海明威的作品一道被收入《美国文学史教程》……在国内，木心的书更是常年畅销不衰，获得专家学者无数“点赞”，连他的故乡浙江乌镇，也成为不少粉丝争相“拜谒”的文化圣地。“木心热”的光环，却遮蔽了这样一个基本的常识：评价一个作家的成就，是应该有所参照的。这个参照系，从“经度”来说，就是文学史发展的脉络，也就是对比“古人”；从“纬度”而言，也要与同时代的作家横向比较下才能见出高低。

我不是文学史研究的专家，但仅就有限的文艺鉴赏经验来说，木心“文学大师”称号是有点“虚火过旺”之嫌的。木心的作品主要分为三类：散文、诗歌和文学史研究。散文这块，随感式的偶悟、断章并非其首创。像前面提到的“爱情如雪，新雪丰美，残雪无奈”这样的句子，初读新鲜，再读腻味，细品之下，也就是语言的游戏而已，美丽精致却空洞无比，沾染六朝骈文的浮华习气太深。何况古典和现代散文里的名篇都讲究运势布局，错落有致，木心的散文，则是“有句无篇”，跳跃性极强，哪里有严谨的章法可言。说是信手拈来，如行云流水，离真正冲淡萧疏、天然偶成的上乘之作，还是差了一截。

木心老先生的文学研究，主要见于《文学回忆录》，是他客居纽约时的授课讲稿，由陈丹青等学生整理。既是讲稿，口语性强，讲述也鲜活亲切，自然引得不少欲求快速登文学之堂者“顶礼膜拜”——据说还引发了又一轮“重新文学史”的讨论。其实，《文学回忆录》里错漏百出的文史知识，若一一揪出罗列，真可以编出一部文学史的“错题库”了，以日本文学的研究为例，他竟无知而狂妄地断言：“日本古代没有文学，连有无文字都成问题。”如此偏狭的见解和审美趣味，哪里是“润物无声”，分明是误人子弟！日本文学继承了唐代的东西，继承了细的一面，所谓精致地隔离。记得我的书架上有一套丰子恺翻译的《源氏物语》，一百五十万字，上中下三部。《源氏物语》比乔万尼·薄伽丘（1313—1375）小说《十日谈》早三百年，也比《红楼梦》（曹雪芹，约1715—约1763）早，是世界上第一部长篇小说。作者紫式部（约978—1016）是宫女，三十六岁去世。紫式部与清少纳言（约966—约1025，《枕草子》）同时代，清少纳言是非常优秀的散文家。

如今“大师”满天飞，尚不知若李白、杜甫、王维知道了如何想？杨福音老师经常讲。

事实上，个性化、趣味式、审美眼光独到的文学讲史之作，自民国以来，就不乏精品。木心海外讲学所依托的底稿，就是著名作家郑振铎的文学史著作。去年，我也曾偶读20世纪40年代大诗人林庚在厦门大学讲课时所编的《中国文学史》，真是满纸芬芳，如饮佳酿！林庚以诗人眼光重新打量古典文学，其议论之精当、学理之扎实、语言之流畅、艺术感受之新鲜，又岂是木心之辈所能项望？——退一步讲，如果文学史真要重写，先贤名家锦绣文章俱在，所依靠的蓝本，也不能是木心这样的信口开河之作吧？也许为不恭之词，祈恕后辈愚昧。

作“文”既非佳构，“史辨”又乏常识，“文学大师”木心唯一拿得出手的，也就只有一顶诗人的桂冠了。木心的诗里，流传最广的，是这首《从前慢》，2015年被改编成歌曲登上央视春晚后，更是刷爆了“朋友圈”。这首小诗有散文化的浅显，“记得早先少年时，大家诚诚恳恳说一句是一句，清早上火车站长街黑暗无行人，卖豆浆的小店冒着热气”，风格小清新，还有浓郁的怀旧味道。其中的“从前的日色变得慢／车，马，邮件都慢／一生只够爱一个人”一句，因为使用了点陌生化的语言技巧，音韵也算朗朗上口，而被不少人奉为“金句”。细读之下，也还是和其散文一样的通病，有个别的句子打磨尚算精致，组合在一起却给人流水账般的寡淡，而且动辄扯到“爱”啊“情欲”之类的文艺腔，人为斧凿的痕迹太过深重。至于诗歌散文化的倾向，在现代名家卞之琳等人那里，早就被捏拿得炉火纯青，就连上篇提到的当代诗人韩东等的作品，也比木心的诗情感更加真挚，语言更加自然凝练。总之，以诗歌史的眼光来看，像《从前慢》这样层次的作品，实在平庸得很，竟被人抬高到“当代但丁”的水准，真有点不知今夕何夕的错乱了。但丁《神曲》，美人隔河而笑，相去三步，是永远不可企及的彼岸世界。这种“隔”的美；与中国式的审美，讲究镜花水月，讲望而生愁，同样是“隔”的美；太初无言，这不正是如前几节说过的中西文化之神交吗？

那么，平庸如木心，为何竟能在我们这个时代“爆红”成“文学大师”呢？

我想，这恐怕和消费时代的审美趣味有关。市场经济的时代，什么都可以是商品，连文学都沦落为一种廉价的精神快餐。作为消费品，木心的文字确有他的“畅销”潜质：无论诗歌、散文都以短句见长，虽无名篇，但金句不少。木心写时未必考虑到了流传的效果，但实际走红，却契合了“微博体”“微信体”的流行文体特征，又比一般的网络文学更加精美，在网上自然拥有大量粉丝。

木心的文字还着意营造出一种古意和怀旧的氛围，《素履之往》对《易经》元素的吸收，还有《诗经演》打出的“重构《诗经》”的噱头，都符合这些年来“国学热”的文化消费趋势。现代生活节奏的加快，使不少人心灵疲乏，转而想通过一种“文化稀释”的简单手段，寻求古典的慰藉，甚至产生了“恋旧”的情结，像《从前慢》的走红，不就是因为满足了人们对于古典式慢生活的期待吗？

其实，古典并不意味着经典，古典文化的现代价值转换，也要经过一个漫长的适应过程，可这些复杂的问题，在日益浮躁的现代人那里，却被完全忽略了，只剩下简单的“怀旧”——古典还不够，如今，连所谓的“民国范儿”也成为文化恋旧的对象！

这些年对近现代以来文化大师的追忆，逐渐演变成对民国文化的片面推崇，仿佛真有那么一个群星璀璨、毫无瑕疵的文化黄金时代，曾向我们招手。如今大师凋零，传统文化精英匮乏，像木心这样出身于1927年、具有现代文化背景的“民国文化老人”，难免为这种病态的文化恋旧情结所裹挟，推至

“大师”的巅峰，就连木心的家世和交游，也被“深扒”为一笔精神文化财富：他是民国著名社会活动家谢仁冰先生的外甥，他与钱锺书先生交好，他的母亲与鲁迅相识；他曾受教于林风眠等艺坛巨擘……只是所谓的“民国范儿”，博大深厚的近现代文化精神，真是木心一句什么“我纷纷的情欲”所能代表的吗？

木心的“走红”，恐怕还与愈演愈烈的“艺术跨界”之风相关。木心本人是美术科班出身，他绘画和工艺美术方面的业绩，其实远在他文学成就之上。可如今我们谈论木心，总是离不开“文学大师”的称号，他颇为业余的文字涂鸦和文学讲解，竟成了我们时代的文化遗产，这真是“墙内开花墙外香”的一大奇观。作为“大师”木心的私淑弟子、文化名人陈丹青在介绍和推广“木心文化”方面可谓不遗余力，很多人正是通过他的回忆文章和访谈，才如获至宝般地发现了木心。吊诡的是，陈丹青本人也和其师一样，是“文化跨界”的受益者。他是20世纪八九十年代知名的油画家、美术教育家，这些年来，竟华丽转身，以作家、文学批评家的身份名世，时而纵论鲁迅，时而深情回忆木心，唯独画家的身份淡出公众视线已久。

据说，陈丹青邂逅“大师”木心，是在飘零异国的纽约时期。文艺青年异地寻根，偶遇民国老人开讲文学，风雨如晦，传教不辍，弦续国故，感人至深。而木心的文章又佳句迭出，在一般文学趣味的门外汉看来，这样的老人自然是对得起“文学大师”的称号了。于是，在一帮“跨界达人”的推动和粉丝的热情期待下，“大师”木心横空出世，《木心论》里动情地写道："木心完成，撒下一地芬芳。自有宋开始的中国式文艺复兴，已然启程。"可未有大师之前，我们是否应该先反思下，这种对大师的盲目热情，是否仅仅是一种出于文化焦虑的浪漫臆想呢？

边缘与中心

我是穿过枪林弹雨去睡你
我是把无数的黑夜摁进一个黎明去睡你
我是无数个我奔跑成一个我去睡你

——余秀华《穿过大半个中国去睡你》

灵魂选择自己的伴侣，
然后，把门紧闭，
她神圣的决定，
再不容干预。

——〔美〕狄金森《灵魂选择自己的伴侣》

·诗人检索·

余秀华（1976— ），湖北钟祥人，2014年，因一首《穿过大半个中国去睡你》在网上走红，出版诗集《月光落在左手上》《摇摇晃晃的人间》，其中《月光落在左手上》已成为最畅销的当代汉语诗集。

艾米莉·狄金森（1830—1886），美国著名女诗人，20世纪现代主义诗歌的先驱之一。她出身于马萨诸塞的律师家庭，却摈弃了社交生活，在阿默斯特度过一生，孤独的创作业绩在去世多年后才被肯定，成为女性写作的代表诗人。

湖北女诗人余秀华，诗集销量突破十万册，创下二十年来国内诗集“市场销售”之最。余秀华走红后，“封神”运动骤至，有人甚至给她贴上了“中国的艾米丽·狄金森”的标签。狄金森的诗，从青年时代起我就常读常新；余秀华“发迹”于网络，我早年喜欢浏览各大诗歌论坛，也曾读过她“微末”时期的作品，兴之所至，姑且揣摩比较一番，以求教于方家。

将余秀华和狄金森并列，无非因为她们都被归于女性写作的行列，又同以情诗见长，虽相隔一百多年，而女诗人热烈涌动的激情仍能突破时代和文化的限制，扭曲缠绕在一起。但细细体味这两股激情，差异还是比较明显的。余秀华的情诗侧重“欲”，万物生长而欲望野蛮，固然给人以艺术的“震惊”，总觉得生态芜杂，略显粗糙，诗的“纯度”，情感的“净度”都尚须提炼。比如她在网上引起轰动的这首《穿过大半个中国去睡你》，从标题的取制到行文的内容，都是欲望书写的产物，“其实，睡你和被你睡是差不多的，无非是两具肉体碰撞的力，无非是这力催开的花朵，无非是这花朵虚拟出的春天让我们误以为生命被重新打开”，这里的“力”指的是什么？自然是原始的情欲，是弗洛伊德所说的力比多。在这原力的作用下，诗人想象着“生命重新被打开”时的酣畅与愉悦，此处的艺术感受，以“花朵”这一在中国诗文里滥俗的意象为媒介，虽然比一般低级趣味的“下半身写作”要讲究些，离精致、鲜活的艺术创造也还是差了一截，就像一块璞玉，有天然生成的质地，却尚待匠心的雕琢。

狄金森的情诗呢，吟咏的，更多是“灵”，是爱情更深层次的心灵体验与共鸣。“灵魂选择自己的伴侣，然后，把门紧闭，她神圣的决定，再不容干预”，将灵魂比喻为一个坚贞的女性，在拟人化的语境里，展现爱情的高贵和自由选择。这也是一种热烈，是心灵和心灵的碰撞，灵魂与灵魂的独白，情超越了欲，达于精神的自主选择。这种选择的决绝与忠贞，甚至连“一位皇帝跪在她的席垫上，不为所动”。

表面上看，余秀华的诗，处处写“我”，大胆直率，女性自我的辨识度很高；狄金森呢，则虚拟了一组“灵魂和她”的拟人关系，平衡理性，略显节制。但灵魂选择了她之后，就“从此封闭关心的阀门”，坚定得“像一块石头”，自有一番独立的决绝。而余秀华为情欲所驱动的“我”呢，在“生命被重新打开”之际，竟突兀地关心起外部世界的变化，“大半个中国，什么都在发生：火山在喷，河流在枯，一些不被关心的政治犯和流民，一路在枪口的麋鹿和丹顶鹤”，“我”要穿过“大半个中国去睡你”，横亘于两具肉体之间的，是难以消解的时代背景、情感之外的各种元素的杂糅。粗糙而生硬的诗艺，最终将“我”的情欲，消解于宏大叙事，“我是穿过枪林弹雨去睡你，我是把无数的黑夜摁进一个黎明去睡你，我是无数个我奔跑成一个我去睡你”，呐喊式的语言越是声嘶力竭，自由选择的底气和女性的情感力量，就越显虚弱和苍白。从真正的心灵解放程度来看，余秀华竭力塑造的这个“我”，反而比19世纪狄金森歌咏的那个“她”，“退步”了太多。

在本书的前面几章里，我们曾谈到过文化的大小传统——也就是雅文化和俗文化的分别。这两者间的区分，自然没有那么绝对，但在余秀华和狄金森这里，却是真实存在的一种文化隔阂。余秀华的诗歌路子很野，作为来自乡间的诗人，又饱受病患和现实生活的困扰，她的人生际遇和诗歌书写，都带有文化小传统也就是民间诗歌特有的粗犷、凌厉与生猛，直露的表现手法，其实更多的是对现实世界情欲匮乏的弥补。这样一个“草根诗人”，本来是远离文化中心的，却在消费时代，借助网络传播的强大力量，竟在一夜之间，走进了当代诗歌艺术磁场的“中心”，受到万千粉丝的追捧。

再看狄金森，出身于精英家庭，受过良好文学教育，终身未嫁，在无名小城以写诗自娱。她一生创作了一千七百七十五首诗，生前却只发表了十首，直到20世纪才被重新发现，被誉为“美国现代文学之母”。这是非常典型的文化精英写作，是诗歌雅文化的代表，其人生轨迹、艺术趣味和品质，与余秀华根本不是同一“重量级”的。可如今，有人竟将她和网络诗人“绑定”在了一起。看来，信息网络不仅使世界的物理形态变“平”了，连审美趣味的差异也要一起抹杀，可这样的精神秩序颠覆，是不是迅猛得太骇人了些？

有人说，余秀华的出现，是中国当代诗歌再度回归文化生活中心的代表，如果单从诗歌的“经济价值”来看，这确乎如此——但诗歌乃至文化的影响力，恐怕不光体现在对经济指标的拉动上吧？一个诗人，她的社会身份从边缘走向中心，从“草根”迈入更加优越的阶层，这种华丽转换，只是写作的“副产品”而已。对于真正热爱诗歌的人来说，我们更加应该关注的还是诗本身，是诗歌的语言能否穿透甚至“照亮”这个诗性精神稀缺的时代。狄金森一生游离于“文学社交”之外，可没有谁否认她在世界诗坛的“中心”地位；还有和余秀华同时代的女诗人，比如，曾写出大型组诗《女性》二十首的翟永明、偏居海南岛教书育人却佳作不断的王小妮，她们的诗我都读过，娴熟的诗艺远在余秀华之上。在远离网络流行文化很远的地方默默耕耘，丰富和提升着当代诗歌的精神高度，她们只专注于诗本身的写作态度，难道不更值得人们尊敬？

至于所谓的当代诗歌“边缘化”问题，在我看来，从来就是个伪命题。好的文学，优秀的诗歌写作，从来都是有技术难度的，对欣赏者的艺术趣味、审美能力也有较高的要求，自然显得小众、局促些。诗歌和诗人一旦过度地曝光于舆论“中

心”之下，伤害的，往往是写作者自己。德国诗人里尔克就曾说：“谁这时孤独，就永远孤独。”而诗人一旦远离孤独，也就往往远离了诗本身的精神闪光——那在“边缘”之处，稍纵即逝的艺术灵光。

坚硬的冷光

沉默的铁。说话的铁。在加班的工卡生锈的铁
风吹
明月，路灯，工业区，门卫，暂住证，和胶布捆绑的
铁架床，巨大的铁，紧挨着她的目光
她的思念。她的眺望，她铁样的打工人生

——郑小琼《铁》

·诗人检索·

郑小琼，1980年生，2001年来东莞打工并写诗，当代著名女诗人，代表作有诗歌《黄麻岭》《铁》《内心的坡度》，散文集《夜晚的深度》。郑小琼的诗歌是21世纪以来打工题材文学的重要组成部分，被誉为“城市化和现代化进程的时代缩影”。

当余秀华站在湖北农村荒芜的田野旁，想象远方沸腾的情欲时，四川姑娘郑小琼正在南方潮湿而闷热的厂房里机械地做着重复了几百遍的工序。午后轰鸣的机器声、坚硬闪光的零配件、女工们麻木而略显呆滞的脸……东莞，著名的世界工厂和制造中心，也是中国工业化和城市化程度最高、流动务工人员最密集的城市之一。这里的空气里弥漫着金属般沉重的气息，似乎天然与诗性浪漫的想象绝缘。奇异的是，恰恰是在现实生活中最无聊、冰冷的流水线旁，诗意，竟如雨后植物般丰沛生长。

打工文学、底层写作，或者叫打工诗歌——我并不愿意像很多书斋里的文学研究者那样，给以郑小琼为代表的一批年轻诗人，贴上这样烙印鲜明的标签。我认为，社会阶层的分化是客观存在的，但优秀的诗歌写作，却未必遵循这种严丝合缝的秩序——更多的时候，诗性的审美，反而是对现实机械束缚的一种反抗。

过去的十几年里，千千万万像郑小琼一样的异地务工青年涌入珠三角，填充着一条条日夜不停运转着的工业流水线。正如郑小琼在一篇散文里写道："塑料厂老板不需要知道我们生命的感受与疼痛，他需要我们像机器一样不停地运转，像那些塑料制品一样能够给他带来利润和钞票。"但人毕竟不是机械，不是一枚硬邦邦的生铁，更何况是一群80后、90后的年轻人？他们有热烈的情感，有呼啸的欲望，有太多关于自由和梦想的渴盼，但这些心灵层面的丰富感受，却被精密的工业分工切割着、抽离着、碾碎着——除了写作，除了发皱的设计图纸背后隐秘而炽热的诗行，他们的青春、痛苦与呻吟，又该往何处安放？

有人说，郑小琼的诗过于客观写实，技巧是浅陋的，语言是粗糙的，据说最初的投稿的作品里，还有一些错别字。但在我看来，这实在只是一种狭隘的文学趣味偏见。大城市里生活优越的知识精英，固然有悠游的时间精致打磨吟风弄月之作，只为博得列位看官一笑；流水线旁被汗水濡湿的女工，却来不及任何矫揉造作地迟疑——只有写，把身体最原始的疼痛写出来，把工厂里坚忍的生活切片记录下来，她们被压抑的心灵才能获得暂时的解放——诗，对郑小琼们来说，从来不是附庸风雅的点缀，而是真实的情感寄托，是精神生活最丰盈鲜活的组成部分，如岩浆的喷薄，似春洪的涌动。用今年里约奥运的流行词汇来说，就是一股生命的洪荒之力，冲击、颤栗着灵魂！而这种原始质朴的诗情，不比单纯技巧的雕琢，更加珍贵吗？

比如郑小琼的这首《铁》，开篇的气象里，就有一种雄浑的、雕塑式的力量：“铁。十四马力冲撞的铁。巨大的热量的青春，顶着全部孤独的铁，亚热带的棕榈，南方的湿热。”记得以前读郭沫若的《笔立山头展望》，诗人把现代工业文明比作“生的鼓动”，热情地礼赞说：“一枝枝的烟筒都开着了朵黑色的牡丹呀！哦哦，20世纪的名花！近代文明的严母呀！”

郭沫若的诗，写于1920年，那是中国现代化的起点，也是工业文明拉开帷幕的壮丽时代。九十多年过去了，工业文明在推动社会物质文明进步的同时，也显露出狰狞的面目。“一枝枝黑色牡丹”般的烟筒其实并不美丽，滚滚黑烟，荼毒的也不仅是自然的天空，还有现代人的心灵。从“黑色牡丹”似的烟囱，到郑小琼笔下“十四马力冲撞的铁”，工业化的宏大气象仍在，但诗人的心灵体验，却已完全不同：郑小琼更关注的，是工业文明下的人，是打工者们无法被湮灭的生命、情感经历，所以，“铁”是有温度的，是孤独的，是深深植入了打工者们灵魂深处的疼痛。而这些疼痛，在郭沫若对“近代文明严母”的歌颂里，恰恰是被完全遮蔽的。

不必苛责郭沫若对工业文明毫无节制的赞美，直到今天，我们的很多官员、企业家还有学者，不仍和他一样，醉心于“一枝枝的烟筒都开着了朵黑色的牡丹”的繁荣图景，视工业化、城市化、GDP为现代文明的“名花”吗？假如没有郑小琼的写作，没有她们撕开现实疼痛的锋芒，又有多少人能够真切地感受到，这“世纪名花”盛开的背后，竟是这样一幅残酷的图景：

纸上的铁，图片的铁，机台的铁，它们交错的声响
打工
它轰然倒下一根骨头里的铁，在巴士与车间，汗水
与回忆中
停
顿
的铁。弯曲的铁
一只出口美国的产品

“铁”固化为物，被贴上了国际化、全球化的标签，从东莞的一间小工厂走向世界各地。可被经济全球化所裹挟的廉价劳动力呢？这些劳动者的汗水、艰辛与苦痛，他们被层层抽离，模糊的青春记忆，又去了哪里？仅仅是苹果和三星手机上一块贴牌的价值吗？

我常常觉得，郑小琼的诗有时让人不忍卒读，这个柔弱的打工妹，血汗刻下的文字，沉重到令人窒息：

> 沉默的铁。说话的铁。在加班的工卡生锈的铁
> 风吹
> 明月，路灯，工业区，门卫，暂住证，和胶布捆绑的
> 铁架床，巨大的铁，紧挨着她的目光
> 她的思念。她的眺望，她铁样的打工人生

读这组意象的组合，是如此的生活化，如此的平庸和刻板，但异常冷静的笔触下，你看到的，已不是“她”的人生，而是千千万万个“我”的缩影，是一幅工业文明时代人的异化的群像，是一则扎疼人心口的生存寓言。铁，坚硬而泛着冷光的铁，它不断地提醒着我们：在经济全球化的今天，在市场经济的消费时代，总有一些声音，还在苍白地沉默；也总有一些书写，值得我们倍加尊敬。

诗性的弥散

从明天起，关心粮食和蔬菜
我有一所房子，面朝大海，春暖花开
——海子《面朝大海，春暖花开》

·诗人检索·

海子（1964—1989），原名查海生，出生于安徽省安庆市怀宁县高河镇查湾村，当代著名青年诗人。1983年自北大毕业后分配至中国政法大学哲学教研室工作，1989年3月26日在山海关附近卧轨自杀，年仅二十五岁，代表作有《土地》《海子、骆一禾作品集》《海子的诗》和《海子诗全编》等。海子是20世纪80年代诗歌写作的灵魂人物，其作品达到了当代汉诗抒情艺术的高峰，在当代知识青年群体中有广泛的影响。

车停在了查湾村的村口，他们徒步前行。雨雾还未完全消散，湿润的空气里弥漫着泥土的味道，野花在路边疯长。引路的村民告诉他们，每年的春天，都有许多外地人来到这里——安徽省安庆市怀宁县高河镇的一个普通村庄，诗人海子的故乡。据说，有的大学生刚进村，看到路边的野花，就激动到晕眩；还有的艺术家，三五成群，彻夜守在海子的墓地旁，烧诗、饮酒，两行浊泪如雨；也有带眼镜的中年人，一副老板的模样，在雨中伫立于海子故居前，不说一句话，临走时，会留下一点钱，眼眶微微有些发红……

1989年3月26日，二十五岁的青年诗人海子在山海关自杀，从此，每年的这个日子，就成为民间自发的“诗人节”。这一天，到海子故乡拜谒诗人的诗歌爱好者络绎不绝，许多城市的高校、图书馆也都会举办各种形式的诗歌纪念活动……海子，他和他的诗，甚至是他的死亡，都已成为当代诗歌难以绕开的精神坐标。

我读海子诗时，已经离开了校园，理想和激情渐渐消退，一地鸡毛似的现实生活自然难免让人沮丧。在那略显灰暗的日子里，海子那些情感张力近乎达到极限的短诗，就成为我排遣精神苦闷的一个窗口。海子的作品里，有一种难以掩盖的炽热光芒，灼痛着我们的灵魂。他的艺术理想，是成为梵高一样的人物，他叫梵高是“阿尔的瘦哥哥”，他要画“强暴的一团火，代替天上的老爷子，洗净生命”。这种澎湃的艺术激情、个体生命无限张扬的“力”，在中国传统诗歌里，是不多见的，是一种非常现代的审美表达。这种现代审美的体验，在20世纪80年代思想解放的环境里，就如同积蓄已久的春洪，突然找到了一个可以倾泻的闸口，自然容易引起我们这一代人强烈的共鸣。

但海子的诗，又不完全是“西化”的产物。他的抒情，是深深根植于东方式的田园牧歌精神，乡土气息非常浓郁。村庄、麦地、月亮和草原，是他诗歌里出现频率最高、最鲜明的艺术意象。传唱广泛的《九月》，就是这种自然化审美的浓缩：“明月如镜，高悬草原，映照千年岁月，我的琴声呜咽，泪水全无，只身打马过草原。”

诗人为何而痛哭？他看到的，不仅仅是以月光草原为代表的农牧文明之美，还有这种古老的审美形态，在现代化过程中不可避免地消逝。他热爱着古典审美的精魂，又是现代艺术最真诚的信仰者；他醉心于大地和自然的歌吟，更敏感地洞察到了人、自然和神祇和谐共存的诗性理想境界，已然在现代工业文明面前溃败坍塌。有人评价但丁，是“中世纪最后一位诗人，又是新时代的第一位诗人”，海子何尝不是处于这样一个文化过渡期？改革开放掀开了中国现代化新篇章，但传统与现代、东方与西方、理想与现实的种种矛盾，也杂糅、冲突在一起，一场深刻的社会文化变革即将来临。海子的诗，他的混合了田园理想和审美现代体验的抒情，正是这时代巨变下，个体心灵的缩影——他是最后的田园诗人，又唱响了当代新诗先锋写作最初的号角。

近年来，我重读文学史，有一个最深的感受：凡是处于文化过渡阶段的天才人物，其承担的精神痛苦就愈加深厚，命运也多以悲剧收场。但丁以“赤足，穿着赎罪衫”的形象，出现在后代诗人的笔下；屈原，在列国割据向大一统帝国过渡的前夜，自沉于汨罗；近现代文化交替的时刻，王国维也是以死明节……这些诗人的自杀，都打上了文化冲突的烙印。到了20世纪80年代末90年代初，当代诗人密集的非正常死亡，也未尝没有某种文化激变的因素：1989年，海子卧轨；1991年，另一位杰出的北大抒情诗人戈麦自沉而死；以及1993年著名“童话诗人”顾城的惨剧……中国新诗的黄金一代，就在这血色浪漫里缓缓落下了帷幕。

以诗人自杀现象为症候，八九十年代交替之际的文化空气里，颇有几分“挽歌”式的悲凉。而在我的印象里，这种“挽歌”氛围的形成，主要是来自消费主义和物质文化的冲击。消费时代的文化特征是怎样的呢？用美国传媒学者尼尔·波兹曼的书名来概括就是：娱乐至死。90年代之后，文学的黄金时代没落了，人们普遍很少读诗了，连谈论诗歌也成了一种奢侈。但这并不意味着，大众精神生活的丰富性就削弱了。在物质主义膨胀的作祟下，人们开始更热衷那些能快速满足感官刺激和浅层次愉悦的文化活动，君不见，KTV、“洗脚城”、“休闲会馆”如雨后春笋般崛起，“肥皂剧”“色情暴力”充斥着大小银幕（或网络）……消费文化的兴起，有一定的合理之处，可如果一个国家的文化主流，是感官的刺激性娱乐，甚至完全排斥更高层次的诗性追求，那就是非常可怕的一件事了。尼尔·波兹曼所说的“娱乐至死”，也绝不是危言耸听！古人云“生于忧患，死于安乐”，值得深思。

消费文化的另一个特征，就是一切文化活动都被精致地商业化、物质化，连诗歌的传播也难以避免市场化的冲击。海子有首短诗叫《面朝大海，春暖花开》，大概是这首诗的语言风格比较清丽，又“暗合”了流行的“鸡汤文”趣味，它的流传度之广泛，令人惊讶。我曾不止一次地在靠近海滨的小区楼盘里，看到开发商打出的广告：“我有一所房子，面朝大海，春暖花开。”也曾严肃地与好友讨论过此地产文案：如此胡乱引用，这不是对诗人的极大不尊重吗?！面对我的“愤怒”，也许年轻的地产文案会表现出万分的疑惑：这首诗，不是朴素、温暖又美好的“小清新”吗?

当然不是！

海子的这首诗里，确实有许多美好的祝福、温情的梦想，比如“喂马、劈柴，周游世界”，比如“关心粮食和蔬菜”，畅想房外“面朝大海，春暖花开”的美景，诗的结尾，还许下了非常“暖心”的愿望：

> 陌生人，我也为你祝福
> 愿你有一个灿烂的前程
> 愿你有情人终成眷属
> 愿你在尘世获得幸福

可你不要忘了，所有的朴素温情，都有一个非常残酷的时间限定：“从明天起，做一个幸福的人”。是“明天”而不是“今天”，更不是“此刻”与“当下”，这就明确地揭示了现实世界的诗意是匮乏的、难以实现的，构成这首诗的情感基调是“此岸”的痛苦，而不是彼岸的“逍遥”。中国古典诗文有“以乐景衬哀情”的写作传统，海子的这首诗，用的也是这个手法。将那些“明天开始”的事物和情调描述得越美好，对理想世界的向往越动情，就越能反衬现实的贫乏、诗人内心的痛苦与挣扎。这首诗，是海子自杀前的遗作之一，是一首彻骨悲凉的绝望之诗啊，在消费文化的时代，竟被如此武断而粗浅地打上了地产广告的标签！可见我们这个时代的精神土壤是多么的贫瘠！

“面朝大海，春暖花开”，这些许悲凉的期许，海子是早已看不到了，可作为现代诗人的他，心中的诗意图景，至少还是完整的，骨子里还流淌着理想主义的情怀。到了如今，据说流行的文化，已经从“现代”步入“后现代”，“后现代文化”的标志是什么呢？就是消费一切、稀释一切，最终消解一切。这样一个时代，当我们谈论诗歌、诗性的时候，我们还能谈论些什么呢？谈那句被粗暴“曲解”为地产广告的“面朝大海，春暖花开”吗？又或者是余秀华畅销了十万册的诗？

只是，当又一个春天来临的时候，依然会有人在海子故乡

的墓前彻夜长哭，也依然有隐秘的诗行在不为人知的角落默默地传唱，如已临知天命之年的我，仍愿笔耕春秋，遥寄一片诗心者，也是“吾道不孤”吧？一切坚硬的都将烟消云散，一切诗性的都被泯然忘却，你确定？

我要低吟浅唱的是，冬天也会有尽了的时候！

后记

书稿杀青，停笔静坐。我推开窗去，轻风微凉，月华如水，时令又快到中秋了。记得前年，也是天心月圆的时候，我开始了这本小书的写作。素洁的稿纸，留白处茫茫一片，该用怎样的诗想和文字来填充这一方广阔的精神空间呢？我有些惶然，仿佛回到了初次作文的时光。年轻时，经常为十元钱稿费夜夜爬格子，每发表一篇豆腐块似的文章，我都会郑重地剪辑下来。信笔涂鸦，一晃竟是二十多年了，连“集文”小册上的旧报剪影，都已经泛黄！

佛语里说“缘生缘灭”，回想自己走过的路，我和诗书之间，也算结下了一段难得的缘分。年轻时偶然借得林语堂的《苏东坡传》，读得真是酣畅淋漓，遂萌生了最初的诗心。后来，阴差阳错成了一名“医学生”，踌躇满志之时，“南方谈话”之风掀起了市场经济高潮，又加入南下“淘金”的大潮，再到投身公职、劳神于案牍……岁月苍茫，人事变迁，这些年来，我唯一不变的，也就是这一点读书写作的爱好了。

我读书很杂，文学之外，也翻读过一些哲学、历史方面的

经典。像法国启蒙思想家伏尔泰的《哲学辞典》、英国哲学家罗素的《西方哲学史》，还有托克维尔的名著《旧制度与大革命》《论美国的民主》等，都曾给了我不少精神养分的滋养。这些著作，乍看起来，离诗很远，可历史和哲学理性的训练，却给了我一种更加通透的思维、宏观的视野，有此“慧眼”相助，自然更能解得“诗中三昧”。以“大文化观”读诗、解诗，寻找经典诗文背后的“诗性智慧”，这也是这本小书基本的构思。我希望能以这种方式将自己十多年来的笔记、心得、诗想予以整理，尤其是在去年底小外孙承烨诞生后，更促使我加快进度，努力尽早成册，权当小礼物赠予。本书赠给小宝贝淘淘（林琬淘）和吉仔（林承烨），祝福他们健康成长。

当然，我不是诗人，更不是文学研究的学者、专家。虽然倾尽所学，也只是抵达诗性小屋的门槛。如能抛砖引玉，引领读者浏览、欣赏一番绚丽多姿的诗国风光，也算不负过去多年寒暑不辍的笔耕时光了。

本书的出版，还得到了许多好友的支持与鼓励，每写一节我都会用微信发给他们指正，他们都会“毫不留情”地予以批评，著名艺术家杨福音老师抽空为本书题写书名并予以很多指教，在此一并致谢。也希望这本小书，能给大家带来一丝愉悦，发现和体验远方的诗意和美好——我一直相信，能和诗书画结缘的人，总是有福的吧。